Tucholsky Wagner Zola Scott Sydow Freud Schlegel
Turgenev Wallace Fonatne
Twain Walther von der Vogelweide Fouqué Friedrich II. von Preußen
Weber Freiligrath Frey
Fechner Fichte Weiße Rose von Fallersleben Kant Ernst Richthofen Frommel
Hölderlin
Engels Fielding Eichendorff Tacitus Dumas
Fehrs Faber Flaubert Eliasberg Ebner Eschenbach
Feuerbach Maximilian I. von Habsburg Fock Eliot Zweig Vergil
Ewald
Goethe Elisabeth von Österreich London
Mendelssohn Balzac Shakespeare Dostojewski Ganghofer
Lichtenberg Rathenau Doyle Gjellerup
Trackl Stevenson Hambruch
Mommsen Thoma Tolstoi Lenz Hanrieder Droste-Hülshoff
Dach Verne von Arnim Hägele Hauff Humboldt
Reuter Rousseau Hagen Hauptmann Gautier
Karrillon Garschin Baudelaire
Damaschke Defoe Hebbel
Descartes Hegel Kussmaul Herder
Wolfram von Eschenbach Darwin Dickens Schopenhauer Rilke George
Bronner Melville Grimm Jerome Bebel Proust
Campe Horváth Aristoteles Voltaire Federer
Bismarck Vigny Gengenbach Barlach Heine Herodot
Storm Casanova Lessing Tersteegen Gilm Grillparzer Georgy
Chamberlain Langbein Gryphius
Brentano Claudius Schiller Lafontaine Iffland Sokrates
Strachwitz Bellamy Schilling Kralik
Katharina II. von Rußland Gerstäcker Raabe Gibbon Tschechow
Löns Hesse Hoffmann Gogol Wilde Gleim Vulpius
Luther Heym Hofmannsthal Klee Hölty Morgenstern Goedicke
Roth Heyse Klopstock Kleist
Luxemburg Puschkin Homer Mörike Musil
La Roche Horaz
Machiavelli Kierkegaard Kraft Kraus
Navarra Aurel Musset Lamprecht Kind Kirchhoff Hugo Moltke
Nestroy Marie de France Laotse Ipsen Liebknecht
Nietzsche Nansen Ringelnatz
Marx Lassalle Gorki Klett Leibniz
von Ossietzky May vom Stein Lawrence Irving
Petalozzi Knigge
Platon Pückler Michelangelo Kock Kafka
Sachs Poe Liebermann Korolenko
de Sade Praetorius Mistral Zetkin

La maison d'édition tredition, basée à Hambourg, a publié dans la série **TREDITION CLASSICS** des ouvrages anciens de plus de deux millénaires. Ils étaient pour la plupart épuisés ou uniquement disponible chez les bouquinistes.

La série est destinée à préserver la littérature et à promouvoir la culture. Elle contribue ainsi au fait que plusieurs milliers d'œuvres ne tombent plus dans l'oubli.

La figure symbolique de la série **TREDITION CLASSICS**, est Johannes Gutenberg (1400 - 1468), imprimeur et inventeur de caractères métalliques mobiles et de la presse d'impression.

Avec sa série **TREDITION CLASSICS**, tredition à comme but de mettre à disposition des milliers de classiques de la littérature mondiale dans différentes langues et de les diffuser dans le monde entier. Toutes les œuvres de cette série sont chacune disponibles en format de poche et en édition relié. Pour plus d'informations sur cette série unique de livres et sur l'éditeur tredition, visitez notre site: www.tredition.com

tredition a été créé en 2006 par Sandra Latusseck et Soenke Schulz. Basé à Hambourg, en Allemagne, tredition offre des solutions d'édition aux auteurs ainsi qu'aux maisons d'édition, en combinant à la fois édition et distribution du contenu du livre en imprimé et numérique et ce dans le monde entier. tredition est idéalement positionnée pour permettre aux auteurs et maisons d'édition de créer des livres dans leurs propres domaines et sujets sans prendre de risques de fabrication conventionnelles.

Pour plus d'informations nous vous invitons à visiter notre site: www.tredition.com

Suzanne Normis Roman d'un père

Henry Gréville

Mentions légales

Cette œuvre fait partie de la série TREDITION CLASSICS.

Auteur: Henry Gréville
Conception de couverture: toepferschumann, Berlin (Allemagne)

Editeur: tredition GmbH, Hambourg (Allemagne)
ISBN: 978-3-8491-4071-7

www.tredition.com
www.tredition.de

Toutes les œuvres sont du domaine public en fonction du meilleur de nos connaissances et sont donc plus soumis au droit d'auteur.

L'objectif de TREDITIONS CLASSICS est de mettre à nouveau à disposition des milliers d'œuvres de classiques français, allemands et d'autres langues disponible dans un format livre. Les œuvres ont été scannés et digitalisés. Malgré tous les soins apportés, des erreurs ne peuvent pas être complètement exclues. Nos partenaires et nous même, tredition, essayons d'aboutir aux meilleurs résultats. Toutefois, si des fautes subsistent, nous vous prions de nous en excuser. L'orthographe de l'œuvre originale a été reprise sans modification. Il se peut que ce dernier diffère de l'orthographe utilisée aujourd'hui.

SUZANNE NORMIS

ROMAN D'UN PÈRE

PAR

HENRY GRÉVILLE

Huitième Edition

PARIS

E. PLON et Cie, IMPRIMEURS-ÉDITEURS

RUE GARANCIÈRE, 8

SUZANNE NORMIS

ROMAN D'UN PÈRE

I

...Le docteur, penché sur la poitrine haletante de ma pauvre femme, l'ausculta avec attention, puis la reposa tout doucement sur son oreiller.

--Encore un peu de patience, chère madame, lui dit-il avec bonté: cela va déjà un peu mieux, et bientôt...

Ma femme leva sur lui ses yeux brillants de fièvre. Le docteur se tut, et pressa la main blanche, presque transparente qui reposait sur le drap.

--Nous allons toujours vous ôter cette fièvre-là, reprit-il en griffonnant une ordonnance; et demain, nous verrons. Je passerai dans la soirée. Au revoir; bon courage.

Ma femme répondit d'une voix claire et distincte:

--Adieu, cher docteur, merci.

Le médecin disparaissait sous les rideaux de la porte; je le suivis dans le salon voisin.

--Eh bien, docteur? lui dis-je, presque tranquille,--sa voix et ses paroles avaient un peu calmé mes angoisses.

Il se retourna vers moi, et me serra les deux mains... Ses bons yeux gris clair, pleins de pitié et de douleur, me firent l'effet de deux couteaux de boucher qu'il m'aurait brusquement enfoncés dans la poitrine; je répétai machinalement:

--Eh bien?

--La fièvre va tomber d'ici deux heures, dit-il, et ensuite... Prenez garde, ajouta-t-il en me serrant le bras, elle peut vous entendre...

Le cri que j'allais pousser resta dans ma poitrine, la déchirant, la torturant. Je fis un mouvement pour me dégager le cou; j'étouffais.

--Soyez homme, reprit le docteur. Vous avez une fille.

--Une orpheline? re'pondis-je si tranquillement que j'en fus étonné moi-même.

Il me semblait que j'étais environné d'un océan de glace.

--Mon pauvre ami, dit le docteur après un silence, elle ne souffrira pas beaucoup; le plus dur est passé.

--Alors, demain?

--Ce soir peut-être, demain matin probablement. Je reviendrai. Je vous demande pardon de vous quitter ainsi; on m'attend et l'on souffre ailleurs.

--Allez, allez, docteur! lui dis-je machinalement. Vous voyez, je suis calme.

Il s'enfuit presque en courant.

Je fis un effort inouï pour composer mon visage, puis je revins lentement sur mes pas. Ecartant les rideaux de satin, j'ouvris la porte, et je me retrouvai en face de ma femme.

Elle était encore bien jolie, malgré les fatigues anciennes et la maladie récente, malgré la mort qui allait me la prendre. Au fond de ses grands yeux bleus qui me regardaient tristement, que d'expressions diverses, toutes plus chères les unes que les autres, se retrouvaient confondues! Que d'amour, que de regrets, que de prières! Et nous nous étions tant aimés... et nous n'étions mariés que depuis six ans!...

--Qu'est-ce qu'il t'a dit? murmura ma femme pendant que je me penchais sur elle, couvrant de baisers timides son front et ses cheveux noirs, si doux, si longs, dont les tresses roulaient jusqu'à ses genoux sur le drap brodé.

--Il m'a dit que ta fièvre va tomber, ma chérie, lui dis-je en continuant à l'embrasser afin qu'elle ne vit pas mon visage; je me sentais très calme cependant, et, sinon résigné, au moins prêt à tout.

--Oui, répondit-elle tout bas, et comme à elle-même; et quand la fièvre sera tombée, je m'en irai.

Un petit piétinement derrière une porte placée auprès du lit me coupa la parole. La porte s'ouvrit, et notre fille Suzanne entra sur ses deux petits pieds encore incertains.

--Maman! dit-elle avec un cri d'oiseau qui revient au nid, maman et papa! voilà!

De ses toutes petites mains gantées de moufles en laine, elle serrait sur sa poitrine un bouquet de lilas blanc. La bonne qui la suivait me dit que, depuis le moment où elles étaient entrées clans le magasin de fleurs, Suzanne n'avait pas permis qu'on touchât à son offrande.

La petite fille s'était avancée jusqu'au bord du lit de sa mère qui lui souriait... et de quel sourire! La vieille bonne détourna la tête et se sauva tout à coup dans la pièce voisine.

--Je veux embrasser maman! dit Suzanne, en tendant les bras.

Je la soulevai, et je l'assis sur le bord du lit. Elle n'avait pas donné à sa bonne le temps de lui ôter sa toilette de promenade. Les petites bottes de fourrure blanche, les guêtres, la robe d'étoffe moutonnée, le petit chapeau de fourrure, toute cette blancheur lui donnait l'apparence d'un flocon de neige tombé du ciel. Elle saisit à pleines mains le bouquet de lilas et le déposa sur la poitrine de sa mère.

--Pour toi, lui dit-elle. C'est Suzanne qui l'a acheté.

Elle fit un demi-tour, se mit à quatre pattes sur le lit, et se précipita au cou de sa mère. J'étendis les bras pour épargner à ma pauvre femme la secousse trop brusque.

--Laisse-la, dit-elle, cela ne fait plus rien. La petite fille couvrait de baisers délicats les cheveux et le visage de sa mère. Elle cherchait une place pour chaque baiser, et souriait après l'avoir déposé bien doucement. Elle fit ainsi tout le tour du pâle visage dont les yeux s'étaient fermés sous ses caresses.

--A papa! dit-elle ensuite en me tendant les mains.

Je la pris dans mes bras, et je reçus aussi ma part de baisers. Ma femme avait rouvert les yeux, et de grosses larmes roulaient lentement le long de ses joues. Je déposai l'enfant à terre.

--Va dire à ta bonne qu'elle te mette une autre robe, dis-je à Suzanne.

Aussitôt la petite, toujours obéissante, reprit le chemin de sa chambre; arrivée sur le seuil, elle se retourna, nous jeta une poignée de baisers, et disparut. La musique de sa voix nous arrivait comme un gazouillement... Je me hâtai de fermer la porte, et je revins près de ma femme.

Suzanne avait deux ans et demi,--et c'est en la soignant d'une longue et dangereuse maladie, que ma femme avait contracté la bronchite dont elle devait mourir. Jamais, depuis sa naissance, Suzanne n'avait dormi dans une autre chambre que la nôtre: le petit lit de satin bleu, avec ses rideaux de mousseline brodée, ses noeuds, ses houppes, ses franges, plus semblable à une bonbonnière qu'à autre chose, était encore auprès de l'oreiller de ma femme. Que de nuits blanches nous avions passées ensemble ou tour à tour, près de la pauvre petite qui ne pouvait pas venir à bout de faire ses dents! Le fauteuil installé à demeure près du lit était tout usé par les longues stations de la mère qui avait endormi là son enfant sur ses genoux.

Et maintenant que Suzanne était sauvée, maintenant que son petit râtelier complet s'étalait triomphant dans ses rires joyeux, voilà que ma femme, épuisée de lassitude et d'angoisses, n'avait plus trouvé de force pour continuer son oeuvre... Elle avait disputé sa fille à la mort pendant neuf semaines, et la mort, furieuse de s'être laissé voler l'enfant, prenait la mère!

Je n'aurais pas dû permettre ce sacrifice, cette abnégation entière, je le sais... Mais nous avions déjà perdu deux enfants; notre premier-né avait été pour ainsi dire tué par les remèdes empiriques d'une bonne anglaise, et le second, un garçon aussi, avait été empoisonné par le lait de sa nourrice. Le jour où ma femme s'était sentie mère pour la troisième fois, elle m'avait fait promettre de lui laisser élever cet enfant-là.

--Je le sauverai, tu verras! me disait-elle avec des yeux brillants de joie et d'espérance.

Hélas! elle l'avait sauvé, mais à quel prix!

Lorsque j'eus refermé la porte sur l'enfant, je reviens m'asseoir auprès de la mère. Elle n'avait voulu personne auprès d'elle pendant sa maladie. Les femmes de chambre et les gardes-malades étaient sous la main, prêtes à secourir, mais nous étions restés seuls ensemble; aucun tiers incommode n'avait troublé la joie que nous éprouvions --même à cette heure terrible--à nous trouver l'un près de l'autre.

--Comme elle est belle! dit ma femme en serrant la main que je venais de mettre dans la sienne.

C'est de Suzanne qu'elle parlait; toute sa vie était concentrée sur cette petite tête blonde.

--Elle est sauvée maintenant; elle va grandir; elle deviendra grande et belle, et elle t'aime tant!

Ma femme parlait facilement. J'en fus surpris; puis je me rappelai soudain que ces sortes de maladies amènent toujours un mieux sensible avant la fin. Je baissai la tête, et je m'appuyai sur l'oreiller, ma joue contre la joue de ma femme.

--Écoute, reprit-elle au bout d'un moment, --ce que j'ai fait, il faut que tu le continues promets-moi que, jusqu'à ce qu'elle soit grande, jusqu'à sept ans au moins, l'enfant couchera ici, --elle indiquait le petit lit;--que tu ne la confieras pas à une bonne, même dévouée; que son sommeil sera surveillé par toi, que...

L'oppression la saisit si fort, qu'elle pâlit, ferma les yeux,--je crus que c'était fini.

Quelques minutes après, je la croyais endormie, elle rouvrit les yeux.

--Le promets-tu? dit-elle.

--Je le promets! répondis-je, le coeur plein d'un ardent dévouement. Je te le jure sur nos six années de bonheur, sur la vie même de l'enfant!

--Et elle sera heureuse?

--Elle sera heureuse, quand je devrais être malheureux! Au prix de tous les sacrifices, elle sera heureuse!

Ma femme m'appela des yeux; je la serrai sur mon coeur, et elle me rendit mon étreinte avec ses deux bras passés autour de mon cou.

--Vois-tu, me dit-elle après un silence, je l'ai bien aimée; je crois que je l'ai aimée plus que toi,--mais c'est parce qu'elle était à toi. Cela ne te fâche pas, dis, que, pendant un temps tu n'aies été que le second dans mon coeur?

--Non, mon ange bien-aimé, cela ne me fâche pas; tu as bien fait; tout ce que tu as fait est bien... mais je n'aurais pas dû permettre...

--Nous n'avions pas le choix, dit ma femme avec un soupir... elle serait morte!... Le docteur a dit vrai, ma fièvre s'en va, ajouta-t-elle! Suzanne dormira ici cette nuit, n'est-ce pas?

--Comme tu voudras, ma chère Marie, tout ce que tu voudras.

Ma femme s'endormit. La nuit venait et remplissait d'ombre cette chambre où nous avions été si heureux. C'était notre chambre nuptiale, cela seul eût suffi pour nous la rendre chère; mais elle était encore pleine d'autres souvenirs. Là étaient nés nos trois enfants, là nous avions appris à Suzanne le grand art de se tenir sur ses petits pieds hésitants; le tapis bleu et blanc portait les traces de plus d'un joujou brisé, de plus d'un fruit écrasé... Nous voulions le changer au printemps... «A présent que Suzanne est si sage!» disait ma femme en souriant, la veille du jour où elle était tombée malade.

Je me levai sur la pointe du pied et j'allumai la veilleuse. Chaque minute m'emportait une part de ma chère femme, et je ne voulais pas d'intrus dans ces minutes solennelles..

On vint me chercher pour dîner; je fis signe que je ne dînerais pas. Ma femme n'avait plus une notion bien exacte du temps. Elle était dans un demi-sommeil sans souffrance, comme l'avait prédit le docteur.

A huit heures, on m'apporta la petite fille, déshabillée, dans sa robe de nuit, les yeux gros de sommeil,--mais ne voulant pas dormir sans avoir embrassé «maman».

Je la pris dans mes bras et je la penchai bien doucement sur la main de sa mère. Elle la baisa, puis remonta jusqu'au visage.

Ma femme ouvrit les yeux: une expression presque sauvage passa sur sa figure; avec une force que je ne lui supposais pas, elle saisit l'enfant et la couvrit de baisers.

--Bonsoir, bonsoir! dit la petite en agitant sa menotte.

Je la mis dans son petit lit, je la couvris soigneusement, et elle tomba aussitôt endormie.

Je me hâtai de revenir à ma femme. Elle semblait avoir oublié ce qui venait de se passer, et ses yeux éteints ne voyaient que le vague.

Des heures s'écoulèrent ainsi... courtes et longues à la fois,--courtes, irréparables--et quelle éternité d'agonie pour mon coeur déchiré dans les soixante minutes d'une heure!

Les premières lueurs du jour se glissèrent dans la chambre endormie. La petite n'avait pas bougé depuis la veille au soir. A six heures, un beau rayon doré passa entre les rideaux.

Ma femme fit un mouvement... Je m'approchai d'elle, bien près, bien près, nos deux mains nouées, pour un moment encore nos deux vies confondues...

--Bonjour, maman! bonjour, papa! cria la voix encore endormie de Suzanne; et la petite fille, s'aidant du filet de son lit, se mit sur son séant. Ses deux mains rouges de santé se cramponnaient au bord, et soutenaient son visage mutin, rose et blanc; ses cheveux frisés tombaient en désordre sur ses grands yeux bleus, et elle riait à travers ses boucles mêlées.

--J'aime maman! cria la voix angélique de notre enfant.

A cette voix, la mère ouvrit ses yeux dilatés par la mort, et s'attachant à moi d'une étreinte désespérée:

--Heureuse! heureuse!... dit-elle deux fois.

--Je le jure! répondis-je éperdu.

Pendant ce temps, Suzanne, s'aidant de la chaise placée près du berceau, était presque venue à bout de descendre. Ma femme relâchait son étreinte... elle respirait encore cependant, et elle comprenait... J'enlevai l'enfant, et du même mouvement je la déposai auprès de sa mère.

--Je... je vous aime... dit celle-ci, en essayant de nous étreindre encore. Elle se laissa aller sur son oreiller...

Je mis dans la main de Suzanne le bouquet de lilas oublié la veille sur le tapis.

--Mets cela sur ta mère, lui dis-je. Effrayée par ma gravité inaccoutumée, par la rigidité du visage adoré qui ne lui souriait pas comme à l'ordinaire, la petite déposa le bouquet sur le corps de sa mère, et se rejeta dans mes bras.

Je sonnai; la bonne vint,--elle allait crier, --d'un geste je lui commandai le silence, et je lui remis l'enfant.

Seul je rendis les derniers devoirs à celle qui avait été mon épouse. Lorsqu'elle fut parée pour le cercueil, vêtue de blanc et couverte de fleurs, je m'agenouillai, j'appuyai ma tête sur le bord de ce petit lit d'enfant où elle avait laissé sa vie, et je pleurai amèrement.

II

La journée s'écoula comme toutes les journées de ce genre; j'avais un chaos dans la tête, et je serrai une quantité de mains sans savoir à quels visages elles appartenaient. Mais le soir, que je redoutais confusément, m'apporta une croix bien lourde.

On avait amusé Suzanne toute la journée au dehors de la maison; le temps étant très-beau, on l'avait promenée, elle avait dîné avec sa bonne, ce qui lui arrivait parfois lorsque nous recevions, et elle n'avait guère demandé sa mère qu'une vingtaine de fois. Mais, quand vint l'heure du coucher, ce fut une autre affaire.

--Maman! je veux voir maman! j'aime maman! criait la petite, qui sanglotait à fendre son pauvre petit coeur.

Toutes les filles de service étaient là consternées; la bonne ne savait plus à quel saint se vouer... Dans mon désespoir, une idée me vint:

--Maman est là, lui dis-je, si tu veux, va la voir; mais elle dort, et elle a très-froid; il ne faut pas crier, tu la rendrais malade.

--Je serai bien sage, dit Suzanne en m'embrassant bien fort sans cesser de pleurer, mais je veux la voir.

Je jetai un châle sur la petite fille, et j'entrai dans la chambre. Le beau visage de ma pauvre chère femme était plus beau que jamais; ses traits réguliers semblaient taillés dans l'ivoire; seuls les yeux étaient entourés d'une ombre violette.

--Voilà ta maman; tu peux l'embrasser, mais elle a bien froid, dis-je à Suzanne, qui regardait les cierges avec étonnement.

L'enfant soudain calmée, un peu effrayée, me laissa la porter jusqu'à sa mère. Soutenue par mon bras, elle mit un baiser sur le front jauni, qui n'avait pas eu le temps d'avoir des rides, puis elle se rejeta vers moi et m'embrassa à pleine bouche. Ses petites lèvres étaient encore froides du contact récent avec la mort. Je la serrai comme si l'on eût voulu me l'arracher, et je courus avec elle dans la pièce où l'on avait transporté son berceau.

Là, nous nous retrouvâmes tous deux en possession de nous-mêmes; je la caressai, elle me parla, et au bout d'un instant elle s'endormit. Au matin, ce fut bien autre chose. Suzanne avait oublié les impressions de la veille, ou du moins n'en gardait plus qu'un vague souvenir. Elle s'éveilla comme d'ordinaire en appelant sa mère et moi... Et ses larmes recommencèrent à couler lorsqu'elle vit que le lit de sa mère n'était pas auprès de son berceau, comme autrefois.

--Maman est partie, lui disais-je en vain: elle reviendra, tu la reverras, mais elle est partie pour aller se guérir; tu sais bien qu'elle était malade. Est-ce que tu ne veux pas qu'elle se guérisse?

--Je veux bien, criait la petite affolée de douleur, mais je veux aller avec elle!

Ce qu'on lui acheta de joujoux et de bonbons pendant cette matinée aurait suffi à construire une maison. Tout cela l'amusait un moment, puis revenait la plainte obstinée:--Je veux maman.

Elle me demanda sa mère pendant dix mois. Tous les jours, sans se lasser, elle répétait la même question et recevait la même réponse.

Un jour, me voyant écrire:

--Tu écris à maman? me dit-elle.

--Pourquoi crois-tu cela?

--Je ne sais pas. Dis-lui que je l'aime et que je veux la voir.

Ah! chère petite orpheline, que de larmes tombèrent sur ton berceau pendant que tu dormais, les bras étendus, rejetée en arrière, dans la plénitude de la vie et de la santé! Heureusement tu ne les as pas vues. Comme je l'avais promis à ta mère, malgré bien des épreuves que je n'ai pu t'épargner, tu as été heureuse.

III

J'étais veuf depuis environ trois semaines, et je commençais à peine à envisager l'avenir, quand je reçus diverses propositions émanant toutes de parentes bien intentionnées, et qu'à ce titre je dus subir avec les dehors de la plus parfaite reconnaissance. Ce fut un siège en règle, et sans la douleur qui dominait tout en moi, j'eusse probablement manqué aux lois de la bienséance, en témoignant de la mauvaise humeur ou, pis encore, une gaieté déplacée.

Le premier assaillant fut ma belle-mère. Nous avions vécu dans la plus parfaite concorde, mais je dois avouer que, pour arriver à ce résultat, j'y avais, suivant l'expression vulgaire, mis beaucoup du mien. Grâce à cette heureuse harmonie dans le passé, je vis arriver un jour madame Gauthier, sérieuse et compassée, comme de coutume, avec un grand voile de crêpe sur son visage légèrement couperosé; elle commença par embrasser tendrement sa petite-fille; puis s'adressant à notre vieille bonne:

--Emmenez cette enfant, proféra-t-elle avec la dignité qui ne la quittait jamais.

Suzanne et sa bonne disparurent; la petite, le coeur tant soit peu gros de se voir ainsi congédiée, et la bonne indignée intérieurement de s'entendre commander. Je dois dire que Félicie témoignait autant de mécontentement à recevoir les ordres d'autrui qu'elle apportait de bonne grâce à exécuter les miens.

Quand la porte se fut refermée, ma belle-mère s'assit sur le canapé, porta à ses yeux son mouchoir encadré d'une énorme bande noire, se moucha et me dit:

--Mon gendre, pourquoi Suzanne n'est-elle pas en deuil?

--Mais, ma chère mère, lui répondis-je fort surpris, elle est en deuil!

--Alors, vous avez l'intention de lui faire porter le deuil en blanc?

--Mais oui! un enfant si jeune n'a pas besoin, à mon humble avis, de faire connaissance avec les robes noires.

--Comme il vous plaira, me dit sèchement ma belle-mère. Vous êtes le maître, étant chez vous; cependant, j'aurais trouvé plus convenable... mais je n'ai pas voix délibérative... oh! non! ajouta-t-elle en s'essuyant les yeux avec la bordure noire.

Un silence embarrassant suivit, car, avec toute ma politesse, je me sentais incapable de lui accorder voix délibérative, comme elle le disait, dans mes propres conseils.

--C'est fort bien, mon gendre, reprit-elle enfin; et maintenant, que comptez-vous faire de cette enfant?

--Suzanne? fis-je innocemment.

--Eh! oui, Suzanne! vous n'en avez pas d'autre, que je sache?

--Non, ma chère mère; eh bien, je compte l'élever de mon mieux, et la rendre heureuse, ajoutai-je plus bas, songeant à la dernière promesse faite à ma pauvre femme.

--Vous comptez l'élever... tout seul?

--Pas absolument seul, répondis-je, non sans une recrudescence d'étonnement à cet interrogatoire, si savamment conduit. J'ai réfléchi depuis que ma belle-mère avait de singulières aptitudes pour la profession de juge d'instruction.

Madame Gauthier déposa son mouchoir sur ses genoux, et commença un discours. La substance de ce discours, ou plutôt de ce sermon, était: 1° qu'une jeune fille est, de tout au monde, ce qu'il y a de plus difficile à diriger; 2° qu'un homme est incapable de diriger quoi que ce soit, et spécialement l'éducation d'une jeune fille; 3° que la mère elle-même est sujette à commettre des erreurs dans une tâche aussi délicate, mais que la grand'mère, parmi toutes, excelle par principe à cet emploi; et, pour conclusion, madame Gauthier m'annonça que, par dévouement pour Suzanne et par pitié de mon, malheureux ménage mal tenu, elle avait donné congé de son appartement et condescendait à venir demeurer chez moi, pour tenir ma maison et élever ma fille.

--Ah! mais non! m'écriai-je inconsidérément.

Ce cri peu parlementaire m'avait été arraché par l'effroi; ma belle-mère se redressa comme un cheval qui entend la trompette des combats:

--Comment l'entendez-vous? dit-elle avec un calme qui redoubla ma terreur.

Je vis que ce serait une bataille rangée, car elle avait prévu ma résistance. J'avais repris mon sang-froid et je fis face au danger avec audace:

--Ma chère mère, lui dis-je en lui prenant affectueusement les deux mains,--cette marque de tendresse avait un motif inavoué, peut-être bien le désir de m'assurer contre la possibilité d'un geste un peu vif,--ma chère mère, voilà quinze ans que vous habitez votre logement, il est plein des souvenirs de feu votre excellent époux, c'est là que vous lui avez fermé les yeux; vous avez l'habitude d'y vivre avec vos serviteurs, votre mignonne petite chienne, vos meubles, tout votre passé, en un mot; je ne puis consentir à ce que, par un dévouement vraiment surhumain, vous renonciez à toutes ces chères attaches. Ce serait un trop grand sacrifice.

--Si grand qu'il soit, fit madame Gauthier, j'aime assez ma petite-fille pour le faire à son intention.

--Mais moi, son père, repris-je avec fermeté, je ne puis l'accepter. Non, non, ma chère mère; je serais un misérable égoïste. Vous m'avez parfois reproché d'être entêté, ma résistance ne doit pas vous surprendre. C'est mon dernier mot. Je pressais affectueusement les deux mains de ma belle-mère.--Permettez-moi, ajoutai-je, de vous remercier de cette bonne pensée; je vous en serai toujours reconnaissant.

Je serrai encore une fois ses deux mains légèrement récalcitrantes, et je les reposai sur ses genoux de l'air d'un homme bien décidé. Ma belle-mère resta positivement pétrifiée.

Un second silence suivit ma péroraison; mais cette fois je me sentais maître du terrain. Madame Gauthier se leva, toujours très-digne, rabattit son voile sur son visage et se dirigea vers la porte en disant:

--Votre fille sera la première victime de votre entêtement, mon gendre, et vous serez la seconde.

--Oh! chère mère, fis-je en souriant, car je devenais un profond diplomate; pour ne pas vouloir vous imposer une gêne de tous les instants, faut-il...?

Madame Gauthier me jeta un regard dédaigneux:

--Vous me croyez par trop bornée, mon gendre, dit-elle avec une certaine supériorité, --vous ne voulez pas de moi chez vous; ma foi, vous avez peut-être raison, car, à coup sûr, je ne voudrais pas de vous chez moi!

Elle sortit en me lançant cette flèche du Parthe, dard émoussé qui ne m'atteignit pas très-profondément. Cependant, comme elle ne manquait pas d'esprit, nous restâmes dans de bons termes. Mais au fond, tout au fond, elle ne me pardonna jamais complètement.

IV

Quelques jours plus tard, j'eus une autre alerte.. Nous finissions de déjeuner, Suzanne et moi, gravement assis, vis-à-vis l'un de l'autre, et je lui apprenais à plier sa serviette,--art difficile qu'elle ne s'appropriait qu'imparfaitement, lorsque mon domestique entra d'un air plus effaré que de coutume; il devait être véritablement ému, car il oublia de me parler à la troisième personne:

--Monsieur, dit-il avec précipitation, il y a là une dame qui vous demande.

--Eh bien, fis-je sans me déranger, ce n'est pas la première fois que cela arrive; pourquoi cet air inquiet?

--C'est que, monsieur... elle a des malles sur l'omnibus.

--Quel omnibus?

--L'omnibus du chemin de fer, monsieur! Je crus que Pierre avait des hallucinations; son visage bouleversé me fortifiait dans cette idée, quand j'eus une lueur d'en haut. Je me dirigeai vers la fenêtre, et, écartant le rideau, je vis en effet un omnibus de chemin de fer, orné de deux ou trois malles, arrêté devant la porte. Je revins à Pierre, et probablement j'avais l'air aussi effaré que lui, car c'est lui qui eut pitié de moi:

--Monsieur, dit-il, si l'on attendait avant de payer l'omnibus? Elle s'est peut-être trompée, cette dame; elle n'a pas voulu dire son nom; c'est une parente de monsieur, mais si ce n'était pas monsieur...

--Comment! elle veut qu'on paye l'omnibus, à présent?

--Oui, monsieur, elle a dit qu'elle n'avait pas de monnaie.

--Très-bien, Pierre; retenez l'omnibus, je le prends à l'heure. Et d'abord, faites entrer cette dame.

Pierre introduisit la dame,--et je compris alors pourquoi le pauvre garçon avait été si fort troublé. C'était une grande femme, maigre, basanée, avec un châle jaune et des socques. Elle se précipita sur Suzanne et voulut l'embrasser; mais la petite, juchée dans sa haute chaise, se débattit à grands coups de ses petits poings fermés, et lui mit son chapeau sur l'oreille, ce que voyant, la femme au châle jaune se tourna vers moi avec un aimable sourire, et me dit, non sans un fort accent comtois:

--Je suis la cousine Lisbeth, est-ce que vous ne me reconnaissez pas, cousin?

Ce nom évoqua dans ma mémoire un coteau couvert de vignes, où nous allions grappiller la vendange, mes frères et moi, quand nous étions tout petits; on roulait sur l'herbe courte des pentes, on se poussait pour se faire tomber, et la cousine Lisbeth, de quelques années plus âgée que nous, commise à notre garde, ramassait les éclopés, les grondait, les embrassait, les mouchait parfois, les époussetait toujours, et, vers l'heure du souper, ramenait à la ferme ses petites ouailles récalcitrantes.

--C'est vous, cousine? lui dis-je, en lui tendant la main de bon coeur. Par quel hasard?

Lisbeth s'assit, tira de son sac,--un sac de la Restauration,--un mouchoir à carreaux qui sentait le tabac, s'essuya les yeux avec, et me dit:

--J'ai appris le malheur qui vous a frappé...

Je fis un signe de tête; chose singulière, la banalité de cette phrase, répétée cent fois par jour, avait bronzé mon coeur à cet endroit-là; je pouvais désormais parler de «ce malheur qui m'avait frappé», comme d'un malheur arrivé à un autre: par moments, il me semblait que ce n'était pas de moi qu'il était question; mais le soir, en rentrant dans la chambre bleue, je me retrouvais tout entier. Pour le moment, je me sentais étranger à cette part de moi-même qui s'absorbait si douloureusement dans le passé, j'étais le veuf qui reçoit des compliments de condoléance.

--C'est pour moi que vous êtes venue à Paris? fis-je soudain. J'étais devenu extrêmement sceptique à l'endroit des dévouements.

Lisbeth tourna vers moi sa bonne figure de brebis maigre, rougit, toussa, revint à son mouchoir à carreaux, tortilla le coin de son châle jaune et finit par dire:

--Voyez-vous, cousin, on a dit dans le pays que vous étiez resté tout seul avec cette petite mignonne... alors j'ai pensé que vous seriez bien aise d'avoir quelqu'un pour mettre votre maison en ordre...

L'image menaçante de madame Gauthier se dressa devant moi, et je reculai mentalement devant sa vengeance.

--Ma maison est en ordre, cousine Lisbeth, dis-je tranquillement, et nous voulons rester seuls, Suzanne et moi. Avez-vous des amis à Paris? je vous aurais engagée à aller les voir.

Lisbeth perdit tout à fait contenance.

--Mon Dieu, dit-elle, je ne connais personne, j'étais venue pour rester chez vous, pour vous rendre service... Vous n'allez pas me renvoyer comme ça!

La douleur de ma cousine était sincère, et je faillis m'y laisser prendre, mais la raison, cette conseillère à tête reposée, me souffla que si je permettais à Lisbeth de passer une nuit sous mon toit, je ne pourrais plus jamais me débarrasser d'elle.

--Nous allons d'abord vous offrir à déjeuner, cousine, lui dis-je, et je sonnai.

Pendant qu'on préparait quelques réconfortants, Suzanne, qui s'était fait descendre de sa chaise, avait considéré notre visiteuse, à distance d'abord, et puis de plus près; le bon regard l'attirait, le mouchoir à carreaux la repoussait, mais le sac fut tout-puissant, et elle finit par s'en approcher, le regarder avec soin, mettre sa menotte dedans, et en retirer parmi divers objets, étonnés de se voir réunis au grand jour, une paire de lunettes dans son étui. Ces lunettes firent sa joie, et, pour obtenir le bonheur de les toucher, elle se décida à se laisser embrasser par Lisbeth, qui la mangea de caresses sincères, j'eus tout lieu de le croire.

Quand la cousine eut fini de déjeuner, je regardai ma montre.

--Voulez-vous voir Paris? lui dis-je.

--Ah! Seigneur Dieu, non! s'écria-t-elle.

C'est pour vous que j'étais venue, ce n'est pas pour Paris... on dit que c'est si grand! Je m'en retourne.

--Eh bien, cousine, dis-je enchanté, votre omnibus est toujours en bas, il y a un train à quatre heures quinze; nous allons nous promener un peu dans ce grand Paris, et nous vous reconduirons au chemin de fer.

Lisbeth soupira, mais ne fit pas d'objection. Je donnai l'ordre d'envoyer ma voiture à la gare pour quatre heures, et je montai dans l'omnibus avec Lisbeth et Suzanne. Celle-ci piétinait de joie de se voir dans ce véhicule étrange et nouveau pour elle.

Pendant deux heures nous promenâmes Lisbeth, ébahie, au milieu de nos merveilles; Suzanne voulait à toute force la faire aller dans la voiture à chèvres aux Champs-Élysées, et mon refus causa quelques larmes. Pour consoler ma fille, je comblai Lisbeth des cadeaux les plus bizarres, tous dus à l'initiative de Suzanne: on mit successivement dans un plaid, acheté pour la circonstance, un grand bonhomme de pain d'épice, un coucou à réveil, un fourneau à faire chauffer les fers à repasser,--celui-ci était un désir de Lisbeth elle-même,--diverses boîtes de bonbons, un manteau rayé noir et blanc, et une langouste gigantesque, que Suzanne avait volée à l'étalage d'un marchand de comestibles pendant que j'achetais le coucou:

--Tiens, cousine Lisbeth, je te la donne! avait dit la jeune vagabonde en apportant son butin, presque aussi gros qu'elle, dont les antennes la dépassaient de toute leur longueur.

Le temps venu, nous déposâmes Lisbeth et ses bizarres colis dans la salle d'attente, je lui remis son ticket de chemin de fer, roulé dans un billet de cinq cents francs, qu'elle prit, je crois, pour son bulletin de bagages, et je lui promis d'aller la voir avec Suzanne.

Mon Dieu! que c'est loin, ce temps passé, et que d'années devaient s'écouler avant l'exécution de cette promesse!

Quand je montai dans ma voiture avec ma fille, celle-ci fit la moue.

--L'autre était bien plus jolie, dit-elle: il y avait des fenêtres partout!

L'autre, c'était l'omnibus.

Comme je rentrais, Pierre, qui avait recouvré ses esprits, me dit d'un air modeste en m'ouvrant la portière:

--Monsieur, à ce que je vois, ne s'est pas repenti d'avoir gardé l'omnibus.

Et cependant cette bonne Lisbeth, qui eût dû m'en vouloir mortellement, pleurait dans le train en retournant chez elle;--elle m'avait déjà pardonné. J'eus des remords, mais je les étouffai.

V

Je reçus encore une douzaine de propositions semblables; il m'en vint de tous les côtés, d'amis et d'inconnus, par la voie des journaux et par lettres anonymes. On eût dit que l'éducation de Suzanne était un point capital dans la politique européenne. Ma politique intérieure, à moi, me fit considérer ces ennuis comme hygiéniques au point de vue moral; car, dans cette lutte pour me défendre contre les intrus, j'acquis une fermeté de volonté que je n'avais pas précédemment, et qui me fut plus tard d'un grand secours.

A vrai dire, ce n'est pas seulement l'immixtion étrangère qui m'apprit à vouloir fermement, ce fut ma mignonne Suzanne, que j'adorais, et l'adoration est un déplorable système d'éducation.

Dans mon grand désir de la voir heureuse, j'avais oublié que sa mère,--qui savait l'aimer, elle,--avait dû résister quelquefois à de petits caprices, de légers moments d'humeur; moi, aveugle dans ma tendresse, j'avais tout accordé, me faisant patient et débonnaire, de peur de me voir quinteux et violent. Le résultat fut complètement opposé à mes prévisions, mais il dut remplir d'aise le coeur de ma belle-mère, car Suzanne ne mit pas dix-huit mois à devenir insupportable.

C'est alors que je voulus déployer la fermeté nouvellement acquise, dont j'étais si fier; mais Suzanne n'entendait pas de cette oreille-là. Ma première révolte,--car les rôles étaient intervertis, et c'est moi qui me révoltais contre sa tyrannie,--ma première révolte la plongea dans une profonde stupéfaction:

--Mais, papa, dit-elle, tu ne comprends pas; je veux aller me promener!

--Je comprends très-bien, mais tu es enrhumée, et tu ne sortiras pas.

--Mais, papa, puisque je veux aller me promener!

Elle me regardait de ses beaux yeux bleus, avec une fixité étonnante, et semblait vouloir faire pénétrer dans mon esprit fermé l'intelligence de ses paroles. Lorsqu'elle comprit que je résistais, elle me regarda encore, mais cette fois avec une sorte d'indignation.

--Comment, semblait-elle dire, tu ne veux pas ce que je veux? Est-ce possible?

Une fois convaincue que je ne voulais pas, elle déploya une résistance au moins comparable à la mienne; moi, qui avais eu tant de peine à me faire une volonté, j'étais ébahi de voir une petite fille de quatre ans me tenir tête. Je recourus alors aux grands moyens.

Certain jour, vers six heures, nous revenions d'une longue promenade à pied;--je multipliais ces exercices pour fortifier Suzanne qui grandissait trop vite;--elle s'était obstinée à prendre sa poupée; et, après lui avoir conseillé à plusieurs reprises de n'en rien faire, je lui avais annoncé qu'elle la porterait seule jusqu'au retour. Elle s'était soumise à cette condition avec un petit air entendu qui n'annonçait rien de bon, et je m'attendais à un orage.

En effet, comme nous passions sur le boulevard des Italiens, Suzanne me tira par la main et me dit:

--Père, je suis fatiguée, porte ma poupée.

Je regardai ma fille: ses yeux railleurs m'annonçaient que le moment de la lutte était venu. Je lui répondis tranquillement:

--Tu sais que tu dois la porter toi-même jusqu'à la maison.

Suzanne se remit en marche sans répondre. Deux minutes après, elle réitéra sa demande, et je réitérai ma réponse. Elle s'était remise à marcher en silence, et je m'applaudissais du succès de ma fermeté lorsque tout à coup mon jeune démon s'arrête, se campe fermement sur ses deux petites jambes, et d'une voix claire comme le cristal:

--Papa, dit-elle, je veux que tu me portes ma poupée.

Au son de cette voix vibrante, deux ou trois passants s'étaient retournés; j'étais fort embarrassé, et certes, si j'avais pu me tirer de là par un sacrifice d'argent, j'aurais probablement écorné sans regret ma fortune. Mais nul secours n'était possible. Je pris donc ma fille par la main et je voulus presser le pas... Elle se laissa tomber sur l'asphalte, s'assit résolument par terre, mit sa poupée devant elle et me cria, de cette même voix perçante:

--Je ne marcherai pas!

Un murmure peu flatteur s'éleva du cercle qui grossissait autour de nous; les uns prenaient parti pour moi, d'autres pour l'enfant, et je courais risque d'être invectivé par quelque gamin si la scène se prolongeait un instant de plus... J'appelai toute ma raison à moi, j'enlevai la petite fille dans mes bras, tout en ayant soin de laisser la poupée à terre, et je sautai dans une calèche qui passait.

--Votre poupée, m'sieu! cria un gamin, en lançant dans la calèche la poupée qu'il tenait par une jambe.

Suzanne, très-saisie, voulait reprendre son jouet; je le lui enlevai et je le rejetai sur le macadam, où il fut broyé à l'instant par une voiture.

--Ma fille! s'écria Suzanne qui fondit en larmes.

--Tu n'as pas voulu la porter, lui dis-je d'un ton sévère, et tu savais que je ne la porterais pas.

Suzanne détourna la tête et se mit à dévorer ses sanglots. Elle me boudait; je ne pouvais apercevoir son petit visage sillonné de larmes, mais je sentais de temps en temps le frémissement de son vêtement contre le mien. Mon coeur saignait,--jamais elle ne m'avait boudé. En voulant briser sa résistance, avais-je perdu le coeur de mon enfant?

Cependant, en dedans de moi-même, il me semblait avoir bien fait; nous rentrâmes à la maison, toujours silencieux. Je la descendis de voiture. Au lieu de m'embrasser, comme elle le faisait toujours pendant ce rapide passage dans mes bras, elle détourna son visage. Je ne dis rien.

Le dîner était servi; elle mangea peu et en silence; sa bonne vint la chercher pour la coucher; elle s'approcha, mais sans me faire aucune de ces caresses qui prolongeaient toujours d'un quart d'heure au moins son séjour auprès de moi. Je la baisai au front; elle se laissa faire et partit, toujours muette.

Resté seul, je me sentis très-malheureux. Si cette petite pouvait concevoir et conserver un tel ressentiment, j'avais tout à craindre de l'avenir. N'étais-je pas coupable, moi aussi, d'avoir trop exigé d'un seul coup? N'aurais-je pas dû procéder par degrés, au lieu d'offrir une résistance invincible? En cette circonstance, ma chère femme ne serait-elle pas mécontente de moi?

J'interrogeais son souvenir à toutes mes heures de détresse; je me dirigeai vers la chambre bleue, chambre toujours sacrée, où le lit de Suzanne était près du mien, et je m'appuyai sur l'oreiller, à la place où Marie avait rendu le dernier soupir.

--Que dis-tu? murmurai-je tout bas, que penses-tu de moi? Ai-je bien fait, ai-je mal fait? Que faut-il faire pour qu'elle soit heureuse?

Une larme que je ne pouvais plus retenir roula sur l'oreiller, et je m'assis sur le lit, bien las, bien triste.

Un sanglot étouffé sortit du berceau de Suzanne. Je me penchai sur elle, ses grands yeux brillants de larmes me regardaient dans l'ombre des rideaux bleus; elle retint encore un sanglot, mais garda le silence.

--Qu'as-tu, ma petite fille? lui dis-je profondément ému. Tu ne dors pas?

--Suzanne ne peut pas dormir, répondit-elle, parce qu'elle a fait de la peine à papa. Suzanne a été méchante, oh! si méchante!

Elle tourna son petit visage sur l'oreiller qu'elle étreignit dans ses deux bras, et son pauvre coeur se fendit en lourds sanglots. Je l'enlevai du lit dans sa longue robe de nuit, elle avait l'air d'un ange. Elle se pencha sur mon épaule et pleura, mais avec moins d'amertume..

--Est-tu fâchée d'avoir fait de la peine à ton père? lui dis-je.

Je brûlais de l'embrasser, mais je n'osais encore, craignant, parmi pardon trop vite accordé, de perdre le fruit de son repentir.

--Oh! oui, répondit-elle, bien fâchée! Depuis que je t'ai fait de la peine, je n'ose plus t'embrasser.

Je la serrai dans mes bras pour tout de bon cette fois, et je l'emportai sur le lit, à la place où sa mère était morte.

--Demande pardon à papa et à maman qui est au ciel, et à qui tu as aussi fait de la peine.

L'enfant joignit nos deux noms dans son humble prière, et je sentis que ma femme était auprès de moi.

VI

Grâce à l'heureux mélange d'une douceur indulgente et d'une sévérité motivée, je réussis à débarrasser Suzanne de ses velléités de domination; une année assez tourmentée fut suivie d'une autre plus facile, et nous entrâmes enfin dans une période d'apaisement qui fut pour nous le paradis. J'initiai ma fille aux mystères de la lecture et de l'écriture; cette partie de ma tâche fut douce et facile, car elle était désireuse de savoir; si j'eusse voulu la croire, nous aurions passé tout le jour, elle à questionner, moi à répondre. Mais des principes d'hygiène bien arrêtés continuèrent à nous entraîner régulièrement partout où l'on trouve l'air pur et le soleil, surtout au bois de Boulogne,--à l'heure où cette superbe promenade n'appartient pas encore à la poussière et à la cohue. C'était à deux heures de l'après-midi que nous allions nous ébattre sur le gazon.

J'étais enfant avec Suzanne, si bien qu'elle ne désirait pas d'autre société que la mienne. Elle regardait d'un air dédaigneux les enfants qui se promenaient en groupe, et me serrait la main en passant auprès d'eux comme pour m'exprimer sa joie d'être à mon côté.

--N'as-tu pas envie d'aller jouer avec les petites filles? lui demandais-je parfois.

Elle secouait négativement la tête et répondait:

--J'aime mieux rester avec papa.

Un jour, cependant, elle fut vivement tentée. Nous étions assis au soleil, dans une allée; un pensionnat de petites filles, très-correct, je dois le dire: robes noires, ceintures bleues, petit toquet de velours orné d'un pompon bleu, s'arrêta en face de nous, et les enfants commencèrent une de ces rondes où les couples défilent à la queue leu leu sous les bras élevés de leurs compagnes. La chaîne gracieuse se défaisait et se reformait régulièrement: Suzanne, blottie contre moi, regardait de tous ses yeux, et de temps en temps murmurait:

--C'est bien joli!

Une sous-maîtresse, qui nous regardait depuis un instant, dit deux mots à l'une des grandes, et celle-ci, prenant une des plus petites par la main, s'approcha de notre banc.

Elle me fit une révérence,--je dis me, car la révérence était pour moi; et le sourire qui l'accompagnait revenait à ma fille.

--Mademoiselle, dit-elle avec la politesse consommée d'une femme du meilleur monde, voulez-vous nous faire le plaisir de jouer avec nous?

La ronde continuait, avec le chant mesuré des fillettes; Suzanne jeta un regard de côté sur la chaîne vivante, et se tourna vers moi, indécise.

--Si cela te fait plaisir, lui dis-je, tout en ôtant mon chapeau à la jeune pensionnaire, si parfaitement élevée.

--Je veux bien, dit Suzanne en hésitant encore.

Elle descendit du banc, prit la main de la jeune fille et s'avança vers le groupe. Le chant et la danse s'arrêtèrent à sa venue, et tous les yeux curieux d'une trentaine d'enfants se fixèrent sur elle. Ma petite sauvage rougit, perdit contenance, retira vivement sa main, courut à moi, me prit par le bras et me dit: «Allons-nous-en», le tout en moins de trente secondes.

Je saluai en souriant le pensionnat scandalisé, je fis un signe à Pierre, qui nous attendait au bout de l'avenue, et nous montâmes en voiture.

--Pourquoi, dis-je à Suzanne, toujours muette à mon côté et plus grave que de coutume, pourquoi n'as-tu pas voulu jouer avec les petites filles?

Elle réfléchit, mais ne put trouver la solution d'un problème véritablement au-dessus de son âge.

--J'aime mieux rester avec papa, dit-elle.

Il n'y eut pas moyen de la faire sortir de là. Le soir même, je racontai cette petite scène à ma belle-mère. Celle-ci, en apparence, ne m'avait jamais gardé rancune ni de ma résistance à ses désirs, ni de l'impertinence par laquelle elle avait clos jadis certaine conversation; une fois par semaine environ, elle venait voir Suzanne, et dînait avec nous. Comme l'enfant avait gardé l'habitude de s'endormir aussitôt après le repas, nous restions d'ordinaire en tête-à-tête, et j'avoue que parfois la soirée me semblait longue. Aussi, je mettais en réserve pour ce jour tout ce que je pouvais récolter d'aventures, d'anecdotes et de traits d'esprit; mais ce soir-là je me trouvais à court.

--Cette sauvagerie, me dit sérieusement madame Gauthier, qui m'avait écouté sans sourciller, est un grand défaut chez un enfant, et surtout chez une fille. Il faudrait absolument en corriger Suzanne.

Je ne trouvais pas cette sauvagerie aussi malséante que voulait bien le dire madame Gauthier, et je hasardai avec douceur:

--Sa mère était un peu sauvage aussi, et cependant...

--Ma fille était un ange, mais cette malheureuse timidité lui a fait beaucoup de tort, reprit dogmatiquement madame Gauthier.

Le silence est l'arme des faibles, et je n'étais jamais le plus fort avec ma belle-mère; aussi je me gardai bien de rien dire.

--Puisque vous avez amené vous-même ce sujet de conversation, mon gendre, poursuivit madame Gauthier, je vous dirai qu'à mon avis, il est grand temps de mettre Suzanne en pension.

--En pension! m'écriai-je en bondissant sur ma chaise.

--Eh! oui, en pension! On n'en meurt pas! Sa mère a été élevée en pension! Qu'avez-vous à me regarder de la sorte? Vous étiez-vous imaginé de faire à vous seul l'éducation de ma petite-fille?

A tant d'interrogations diverses, je reconnus que madame Gauthier avait préparé ses batteries de longue main. C'était d'ailleurs son système, et un autre se fût tenu sur ses gardes, mais je ne sais comment il se faisait toujours que je me laissais prendre au dépourvu.

Mon silence lui parut de la confusion, et elle continua, triomphante:

--J'ai parlé à une maîtresse de pension excellente, qui dirige à Passy une maison de premier ordre; c'est tout à fait le Sacré-Coeur, en plus petit; ce sont probablement ses élèves que vous avez vues aujourd'hui, et auxquelles Suzanne a fait cette impolitesse... Dans six mois, vous verrez comme elle sera changée!

--Je serai bien fâché de la voir changée, m'écriai-je hors de moi. Voir Suzanne pareille à ces petites femmes parfaites... j'en serais au désespoir, et puis grand merci pour votre succursale du Sacré-Coeur. C'était un coup monté alors, cette rencontre?

--Voyons, dit madame Gauthier, qui perdit beaucoup de sa hauteur, vous n'avez pas besoin d'employer les grands mots pour une chose aussi simple: et puis qu'est-ce que vous avez contre le Sacré-Coeur?

--Ce que j'ai?... Je me radoucis soudain en pensant que j'avais trop à dire pour l'épancher en une heure, et que par conséquent mieux valait le garder pour moi.--Je n'ai rien du tout, ma chère mère, repris-je avec aménité, et surtout je n'ai pas l'intention de mettre Suzanne en pension.

--Mais moi, mon gendre, mon intention à moi n'est pas que ma petite-fille...

--Et moi, ma chère mère, mon intention à moi est d'élever seul ma fille.

J'appuyai si bien sur ces deux mots qu'elle se leva pour battre en retraite.

--Fort bien, mon gendre, fort bien. Voici la seconde fois que vous me rappelez que vous êtes le maître chez vous. C'est fort bien!

J'avais bonne envie de lui faire observer que ce n'était pas ma faute, mais je me contins. Elle s'en alla, très-digne, mais furieuse, et son enragé besoin de domination lui dicta, dans le silence des nuits sans doute, un plan machiavélique dont l'exécution ne se fit pas attendre.

VII

Je m'étais préparé à subir dés bouderies sans fin, je fus agréablement surpris de voir madame Gauthier aller et venir chez nous, comme si de rien n'était, se montrer tendre avec ma fille et gracieuse avec moi. Je commençais à me reprocher de l'avoir mal jugée, lorsqu'elle nous invita à dîner.

Cette invitation était tellement en dehors de ses habitudes que j'en conçus un étonnement mêlé de quelque terreur. La saine raison me démontra cependant qu'elle ne pouvait pas avoir l'intention de nous empoisonner à sa table, et je conduisis Suzanne à ce dîner chez sa grand'mère.

Il ne se passa rien d'insolite; je trouvai là deux ou trois vétérans, anciens amis du colonel Gauthier, qui firent l'accueil le plus favorable à sa petite-fille; une vieille dame qui avait perdu plusieurs enfants, plus une vieille demoiselle.--Si cette société n'avait rien de particulièrement attrayant, elle n'avait non plus rien de redoutable.

--Voyez-vous, mon gendre, me dit ma belle-mère en causant au coin du feu, après le dîner, qui, je dois le dire, était excellent, je suis résolue à recevoir toutes les semaines deux ou trois amis, afin de me distraire. Je suis bien seule à présent...

L'idée que ma belle-mère désirait se remarier me traversa le cerveau, et je fus pris d'une terreur, calmée instantanément par la réflexion que, dans tous les cas, elle ne pouvait pas vouloir m'épouser.

--Quel est l'infortuné?... pensai-je en promenant mon regard sur les vétérans. Mais ma belle-mère était plus habile que je n'étais capable de le supposer, et elle me le fit bien voir.

Deux ou trois jeudis s'écoulèrent sans rien amener de particulier; mais un soir, quoique j'eusse l'habitude d'arriver le premier, je trouvai au salon une jeune femme vêtue de couleur très-foncée, presque noire, et qui à notre entrée s'écria:

--Oh! quelle beauté mignonne!

Elle fit deux pas vers Suzanne, qui la toisait de toute sa hauteur, puis parut m'apercevoir pour la première fois, rougit, se troubla, balbutia quelques paroles d'excuse et recula vers le coin du feu.

Ce mouvement de recul, si difficile toujours, fut accompli avec une grâce achevée; le corps souple et bien modelé s'affaissa dans un fauteuil sans que les plis de la longue traîne eussent souffert le moindre dérangement, et je ne pus m'empêcher d'admirer cette savante manoeuvre.

Ma belle-mère entra presque aussitôt, et, avec les plus aimables excuses pour son absence intempestive, elle me présenta à mademoiselle de Haags, fille d'une de ses plus anciennes amies, et récemment arrivée en France.

--Mademoiselle de Haags, ajouta ma belle-mère d'un accent triomphant, est originaire d'une très-vieille famille catholique de Belgique, et je regrette, mon gendre, de devoir vous dire qu'elle a été élevée au Sacré-Coeur de Louvain.

Je murmurai quelques paroles de politesse, tout en maudissant intérieurement ma belle-mère et sa tirade.

--Oh! monsieur, me dit la charmante étrangère de la voix la plus mélodieuse, en déployant un sourire adorable, des dents de perle et des regards à faire damner saint Antoine, est-il possible que vous ayez des préjugés contre nous?

--Convertissez-le, ma belle, dit ma belle-mère, je vous l'abandonne.

A dîner, le couvert de mademoiselle de Haags se trouva placé, non près du mien,--ma belle-mère, je l'ai dit, était très-forte,--mais près de celui de Suzanne, qui ne me quittait pas plus là qu'ailleurs. Je n'obtins ni regards ni conversation: la jolie voisine de ma fille était absorbée par les «grâces enfantines» de cette «adorable petite créature», et l'adorable petite créature, qui n'était pas fillette pour rien, se mit à jouer de sa nouvelle amie comme on joue du piano:-- «Donnez-moi votre éventail... Prêtez-moi votre montre... Rattachez ma serviette... J'ai laissé tomber ma fourchette...»--Tout l'arsenal des importunités enfantines y passait. Si j'avais été chez moi, j'aurais mis Suzanne en pénitence, mais chez moi elle n'eût pas rencontré mademoiselle de Haags...

Après le dîner on fit de la musique; la jeune Belge avait une belle voix de contralto, vibrante et passionnée, mais un peu théâtrale.

--Je ne chante que de la musique sacrée, me dit-elle en s'excusant d'un sourire.

Je le veux bien, mais elle la chantait comme un opéra.

Depuis la mort de sa mère, Suzanne n'avait jamais entendu chanter. La musique produisit sur elle un effet extraordinaire.

--Chantez encore, dit-elle à mademoiselle de Haags, quand celle-ci revint vers nous, au milieu de félicitations unanimes.

D'une voix singulièrement assouplie, la cantatrice murmura, plutôt qu'elle ne chanta, la Berceuse, de Schubert, simple phrase mélodique assoupissante et presque voluptueuse. L'effet fut complet sur l'assistance, qui se pâma d'admiration, mais Suzanne avait l'esprit pratique.

--Ce n'est pas bien ça, dit-elle tout haut sans se gêner: c'est ennuyeux. J'aime mieux quand vous chantez fort, et quand vous tournez les yeux en haut.

Mademoiselle de Haags jeta à ma fille un regard presque haineux, puis se précipita sur elle et la couvrit de caresses.

J'étudiais cette petite scène d'un air distrait en apparence, mais en réalité fort investigateur. J'appelai Suzanne, je lui dictai un remercîment pour la belle chanteuse, et je l'emmenai. On voulait me faire promettre de revenir quand elle dormirait, mais je tins bon.

Lorsque ma belle-mère vint dîner chez nous, j'affectai de ne me souvenir de rien de ce qui s'était passé: elle ne put y tenir, et me parla elle-même de sa jeune amie. J'appris ainsi qu'elle possédait une certaine fortune, de nombreux talents, une belle âme susceptible de tous les dévouements, et une aptitude particulière pour ramener au bien les brebis égarées.

--C'est une fille d'esprit, conclut ma belle-mère. Dans sa position, elle n'a qu'à choisir parmi une foule de partis brillants, mais elle s'attache surtout aux qualités solides. Bien que fervente catholique, elle épousera, je le crois du moins, un incrédule aussi bien qu'un homme de sa foi.

--Pour le convertir? dis-je sans sourire.

--Pour le ramener, corrigea ma belle-mère. J'étais fixé.

Quelques jeudis s'écoulèrent: mademoiselle de Haags se trouvait toujours là, comblant Suzanne de caresses et de bonbons... elle était trop habile pour donner des joujoux, car c'eût été s'exposer à se faire rendre quelque présent de prix. Elle ne me parlait presque pas, mais semblait pénétrée de ma présence. C'était une sorte d'extase muette, dont j'étais la victime, mais non la dupe. Heureusement les spectateurs de ce drame intime n'avaient pas les facultés nécessaires pour en constater la marche.

Quand ma belle-mère jugea que la poire était mûre, elle vint chez moi pour secouer le poirier.

--Depuis quelque temps, mon gendre, me dit-elle, je me reproche de ne pas vous avoir parlé à coeur ouvert... Il y a des mères qui ont des préjugés; mais moi, voyez-vous, j'envisage la vie sous un point de vue plus élevé...

Je me gardai bien de l'interrompre, et elle continua sans paraître embarrassée:

--Vous êtes jeune, mon gendre, vous avez à peine trente-cinq ans... L'idée pourrait vous venir de vous remarier...

Je me taisais, mais une sorte d'indignation qui ne présageait rien de bon me montait à la gorge.

--Vous avez témoigné, continua-t-elle, le désir de vous occuper spécialement de l'éducation de Suzanne, mais c'est là, je pense, une de ces résolutions qui ne tiennent pas devant les nécessités de la vie sociale. Le jour où vous voudriez vous remarier, je vous en prie, mon cher ami, pas de fausse honte! Je me chargerai de ma petite-fille, qui recevrait, soyez-en persuadé, une éducation au moins aussi bonne que celle que vous pourriez lui donner, et, de la sorte, votre jeune femme...

--Je vous remercie infiniment, madame, dis-je froidement, car j'étais encore maître de moi-même; mais si vous avez oublié que votre fille fut ma femme et la mère de Suzanne, je m'en souviens, moi, et ce n'est pas mademoiselle de Haags qui la remplacera ici!

--Vous pourriez plus mal tomber, riposta ma belle-mère, qui ne perdait jamais contenance.

--Peut-être, répondis-je, mais pas beaucoup plus mal.

Madame Gauthier me lança un regard flamboyant; puis sa colère s'affaissa, et elle se mit à pleurer. Devant ses larmes, que je crus sincères, je n'eus pas le courage de lui dire tout ce que m'inspirait son beau plan de campagne:

--Voyons, lui dis-je, vous, une femme d'esprit, comment avez-vous pu?...

--C'est pour Suzanne, répondit-elle tout en pleurs. Vous l'élevez déplorablement, elle n'a ni tenue, ni manières, et par-dessus le marché vous allez lui donner une éducation libérale... Cette dernière phrase me parut obscure, et j'en demandai l'éclaircissement.

--Vous ne lui ferez pas faire sa première communion, continua madame Gauthier, noyée dans un véritable déluge de pleurs, et vous serez cause de la perdition de son âme.

--Suzanne fera sa première communion, dis-je gravement, je vous en donne ma parole d'honneur.

--Vrai? s'écria ma belle-mère en tournant vers moi son visage à demi consolé.

--Positivement; j'aime trop ma fille pour l'exposer à rencontrer dans la vie des obstacles que j'aurais pu lui éviter.

Je ne crois pas que madame Gauthier m'eût compris, mais elle me remercia avec tant d'effusion que je crus qu'elle allait m'embrasser.

--Et mademoiselle de Haags, qu'allez-vous en faire? lui dis-je pour l'apaiser.

--Ma foi, je n'en sais rien... Elle a assez d'esprit pour se tirer d'affaire. C'est égal, mon gendre, c'est une jolie fille et une femme supérieure.

--Oui, d'accord, fis-je en souriant, mais à présent, chère mère, puisqu'il est entendu que Suzanne fera sa première communion, avouez que vous vouliez me donner en pâture au loup, afin de reconquérir votre petite-fille.

Madame Gauthier murmura quelques paroles fort vagues, que j'acceptai comme une explication. Je ne revis plus mademoiselle de Haags et, bien mieux, je ne sus que très-longtemps après ce qu'elle était devenue.

VIII

Pour me remettre de cette chaude alerte, je m'enfuis à la campagne avec Suzanne. A vrai dire, c'est là que nous étions le plus heureux; nous y passions deux mois tous les ans, et ces deux mois valaient mieux à eux seuls que le reste de l'année. Ce qui m'avait empêché d'y rester plus longtemps, jusque-là, c'était la nécessité de m'occuper de la société par actions dont j'étais le gérant. Je fis alors une réflexion salutaire:

--J'ai soixante-cinq mille francs de rente, me dis-je; à quoi bon, pour toucher un traitement qui ne fait qu'ajouter un peu de luxe autour de nous, rester attaché à une chaîne? Coupons la chaîne, arrière le boulet! Suzanne sera toujours assez riche avec mes soixante-cinq mille francs de revenu!

Je donnai ma démission, et jusqu'à ce jour je bénis la bonne pensée qui m'inspira cette démarche.

Nous étions donc à la campagne, libres comme les oiseaux de notre parc, et presque aussi joyeux. Certes, ma vie était triste; à tout moment, malgré les années qui s'écoulaient, je me prenais à chercher ma femme auprès de moi; mais, dans mon chagrin, j'éprouvais une sorte d'apaisement, qui bien certainement venait d'elle. Je sentais que vivante, elle eût fait ce que je faisais, et je me répétais chaque soir: Je tiens ma promesse, et Suzanne est heureuse.

Oui, parfaitement heureuse. Elle apprenait tout sans effort, sa mémoire docile la servait à souhait, son intelligence la rendait apte h tout concevoir, je ne rencontrais qu'une difficulté: l'empêcher d'apprendre trop et trop vite, afin de ne pas fatiguer ce jeune cerveau. Mais là encore elle était docile, et quand je disais: C'est assez! elle reposait parfois le livre sur la table avec regret, mais elle insistait bien rarement.

L'été fut magnifique. Nous en passâmes une partie en costume de jardiniers, à remuer des plates-bandes sous un vieux couvert de tilleuls. J'avais inventé cela pour la distraire de l'étude, et jamais nouveau propriétaire n'apporta plus d'ardeur à la création d'un jardin. Nos jardiniers --les vrais--regardaient avec stupéfaction la mignonne Suzanne bêcher et ratisser avec une ardeur infatigable; elle transplantait les bégonias, greffait les rosiers et marcottait les oeillets, comme si elle eût été spécialement créée pour cette besogne.

Il fallut lui donner une ligne de pêche pour la garantir d'une courbature; nous passâmes alors de longues heures au bord de notre ruisseau d'eau vive, à l'abri des vieux saules pleins de chenilles qui devenaient des papillons. Mais à nous deux, nous ne prîmes jamais qu'un goujon, goujon unique et par cela même précieux, que Suzanne voulait à toute force faire empailler. Après quelques minutes de réflexion, elle le rejeta à la rivière. Je ne sais s'il alla raconter sa mésaventure au fond des eaux, toujours est-il que nous n'en revîmes pas d'autres.

L'automne vint avec ses joies bruyantes: la vendange, les cuvées, le teillage du lin.--Suzanne allait partout, un panier ou un râteau sur l'épaule,--toujours armée de l'instrument employé ce jour-là, et qu'elle se procurait je ne sais comment. Je soupçonne cependant Pierre d'avoir été son complice. Il apportait dans les remises des paquets mystérieux qui devaient contenir les outils en question. D'ailleurs, Pierre n'avait jamais su rien lui refuser, si bien qu'un beau jour je les trouvai, dans le pressoir vide, perchés sur une échelle; de ce poste élevé, Pierre démontrait à ma fille le système ingénieux qui change le raisin en vin.

A ma voix, ils sortirent de là tous deux absolument revêtus de toiles d'araignée, avec les araignées dedans. C'est la vieille bonne qui n'était pas contente! J'engageai Pierre à faire désormais ses démonstrations de moins près.

A l'entrée de l'hiver, j'eus envie de rester à la campagne; je n'osais, craignant de rendre Suzanne encore plus sauvage, et cependant nous étions si bien là, tout seuls!

Ma belle-mère m'écrivit que, si nous tardions encore, elle viendrait s'installer chez nous jusqu'à notre retour. Je n'hésitai plus, et j'ordonnai de faire nos malles.

Avant de partir, Suzanne voulut faire le tour de son domaine, pour dire adieu à tous ses biens; nous nous mîmes en route un beau matin. La gelée blanche s'était fondue aux premiers rayons du soleil; mais, bien chaussés de chaudes galoches en bois, nous ne craignions pas la rosée. Suzanne me tenait par la main, suivant son invariable coutume, et poussait à la fois des cris de joie et des soupirs de regret à chaque lieu de prédilection, à chaque endroit qui lui rappelait un souvenir.

--Oh! papa! s'écria-t-elle quand nous arrivâmes au bord du ruisseau, te rappelles-tu? c'est ici que nous avons pêché ce fameux goujon! Pauvre petit, comme il était content de se retrouver dans l'eau! Nous reviendrons l'année prochaine, dis?

--Certes! fis-je en lui serrant la main. J'aimais autant qu'elle ces lieux où elle avait été si heureuse.

--Voilà le moulin, dit-elle plus loin, en embrassant la vallée du regard, et le chemin où il pousse des fraises, et l'avenue d'ormes, et la route de la ville, et la vieille fontaine, et tout, tout!

Elle jeta un baiser à ce doux paysage et se tut, soudain sérieuse.

--Regrettes-tu de t'en aller? lui dis-je, prêt à braver ma belle-mère si Suzanne voulait rester.

--Oh! non! dit-elle joyeusement, puisque tu es toujours avec moi. Avec papa, je suis heureuse partout.

Heureuse, chère petite âme! Moi aussi, j'étais heureux partout avec elle.

IX

A Paris, nous retrouvâmes nos habitudes, y compris les dîners du jeudi, qui étaient devenus pour ma belle-mère un puissant dérivatif à ses ennuis; mais je dois à la vérité de reconnaître que je n'y rencontrai plus rien qui de près ou de loin ressemblât à mademoiselle de Haags.

Ma belle-mère essaya encore de me battre en brèche au sujet de l'éducation de Suzanne, et, sur un point, elle obtint gain de cause.

--Cette petite ne sera jamais de force à tenir sa place dans un salon, si vous ne lui laissez pas voir un peu les autres! Puisque vous ne voulez pas la mettre en pension, laissez-moi au moins la conduire à un cours de n'importe quoi, me dit un jour madame Gauthier.

--Vous avez mille fois raison, chère mère, répondis-je aussitôt. Dès demain, je conduirai Suzanne à un cours d'histoire.

--Vous-même?

--Sans doute. Qu'y a-t-il là d'extraordinaire?

--Vous ferez une drôle de figure au milieu des ouvrages d'aiguille de ces dames, je vous en préviens, mon gendre. Enfin, c'est vous qui l'aurez voulu. Pourquoi ne voulez-vous pas me confier Suzanne? Avez-vous peur que je ne l'induise en tentation?

--Précisément, chère mère, en tentation de ces charmantes mondanités sans lesquelles nous sommes si heureux.

Madame Gauthier haussa les épaules et me tourna le dos. Je crois même qu'entre ses dents elle m'appela Iroquois. Mais j'étais sourd à de telles appréciations.

Suzanne ne témoigna pas un empressement bien vif à l'idée d'aller au cours; à son hésitation, je dirais presque sa répugnance, je compris que ma belle-mère avait eu raison, et qu'il était temps de façonner cette jeune intelligence au monde qui devait être son milieu.

Je n'oublierai jamais l'impression étrange de frayeur et de gêne que j'éprouvai pour elle et comme elle, en la voyant traverser la salle des cours pour gagner son rang. Elle avait huit ans et paraissait grande pour son âge, grâce à la finesse de ses attachés et à l'élégance de sa taille. Toute vêtue de blanc,--elle et moi nous affectionnions cette couleur,--elle avait l'air d'un flocon de laine tombé de quelque toison. Je restai au fond de la salle, tremblant, oui, tremblant, je l'avoue, de la peur qu'elle ne fit quelque gaucherie, qu'elle ne parût ridicule; à l'idée de la voir traverser ces rangées de chaises, il me semblait prendre mes propres jambes dans un dédale de pieds et de barreaux. Bah! Suzanne semblait née dans une salle de cours. Toute rouge de confusion, mais parfaitement sûre d'elle-même, à peine assise, elle se retourna et m'envoya le plus joli sourire qui eût jamais épanoui son petit museau.

--Il y a un Dieu pour les petites filles, pensai-je, et certes ce n'est pas le même que pour les petits garçons,--car un garçon se fût jeté par terre vingt fois avant d'arriver, et, une fois assis, n'eût plus songé qu'à dévorer sa honte! Une ou deux voix féminines me tirèrent de cette méditation:

--C'est votre fille, monsieur?--Quelle jolie enfant!--Quel âge a-t-elle?

La grâce de Suzanne avait brisé la glace, et toutes les mères voulaient la connaître. Je crois que la vue de Pierre, en livrée dans l'antichambre, et le piétinement de nos chevaux dans la cour, entraient pour quelque peu dans cette sympathie... mais chut! il ne faut pas médire, --surtout des femmes du monde! Si elles allaient me rendre la pareille!

Suzanne s'accoutuma peu à peu à l'épreuve de l'examen public; les premières fois qu'elle eut à répondre, elle cherchait ses réponses sur mon visage, et l'encouragement de mes regards lui donnait la force de vaincre sa timidité. Mais ceci fut pris en mauvaise part. Quelques dames soupçonneuses s'imaginèrent que je lui soufflais les réponses, je m'en aperçus à la froideur qu'on me témoigna les jours suivants; grâce à mon sexe, j'avais eu assez de peine à me faire tolérer pourtant!--j'étais le loup dans la bergerie,-- et voilà que ce loup soufflait sa fille, comme un vulgaire camarade d'école! J'aurais volontiers protesté de mon innocence, mais à quoi bon? J'expliquai de mon mieux à Suzanne la nécessité de ne pas me regarder pendant les leçons, et je l'informai, pour plus de sûreté, que dorénavant je resterais en arrière à une place où ma complète honnêteté ne pourrait pas être soupçonnée.

--Mais, papa, me dit Suzanne, qui m'écoutait avec beaucoup d'attention, ce serait très-mal si tu me soufflais?

--Certainement, mon enfant.

--Alors, pourquoi ces dames pensent-elles que tu fais une chose très-mal?

--Parce que...

Ma sagesse se trouvait ici prise en défaut. Fallait-il expliquer à Suzanne que ces dames soufflaient probablement leurs filles en semblable circonstance, ou bien fallait-il me rejeter sur la faiblesse humaine en général? J'essayai de faire un peu de philosophie très-vague, mais l'esprit net et réfléchi de ma fille ne s'accommodait point de mes périphrases. Elle devint soucieuse et finit par me dire:

--Tout ce que je comprends, c'est que tu ne fais rien de mal, moi non plus, et qu'on nous accuse injustement. C'est très-vilain, et ces dames sont méchantes.

Ah! petite logique implacable de l'enfance! Madame Gauthier avait bien raison de le dire: il était grand temps d'accoutumer Suzanne au monde, car plus tard elle l'eût tout bonnement pris en haine.

Elle eut beaucoup de peine à surmonter ce premier plongeon dans les épines de la société, et sa petite conscience d'enfant honnête en saigna longtemps. Elle éprouvait une certaine méfiance envers les personnes étrangères qui la caressaient, se souvenant toujours que des étrangères, tout aussi aimables, nous avaient accusés, elle et moi, de ce que, dans son honnête petite âme, elle n'était pas loin de considérer comme une infamie. Cependant, elle finit par s'accoutumer à ces formes polies, qui cachent tant de choses, et je fus souvent étonné de l'indifférence gracieuse avec laquelle elle accueillait les éloges.

--Pourquoi as-tu l'air si peu contente d'être complimentée? lui dis-je un jour qu'elle avait remporté un véritable succès. Est-ce que cela ne te fait pas plaisir?

--Ce qui me fait plaisir, dit-elle de l'air d'une petite Minerve enjuponnée, c'est que j'aie bien répondu, et que tu en sois content; mais pour les compliments, je m'en moque!

Si ma belle-mère l'avait entendue, quelle semonce pour moi! Car, lorsque Suzanne commettait quelque bévue, c'est moi qui étais grondé.

--Comment, mademoiselle Suzon, vous vous en moquez? Quelle expression vulgaire!

Nous étions dans la voiture, et il faisait nuit.

--Oui, je m'en moque, répéta-t-elle en sautant sur mes genoux pour m'embrasser. Je me soucie de tout ce monde comme d'un pruneau (elle n'aimait pas les pruneaux)--parce qu'ils mentent tous les uns plus que les autres.

J'étais confondu! Où avait-elle été pêcher cela? Je le lui demandai, et, parmi une pluie de baisers, je recueillis des maximes dans le genre de celles-ci:

--Ce sont tous des menteurs,--les dames surtout, et les petites filles aussi, elles n'aiment que les beaux habits,--et ça leur est bien égal de ne pas savoir leur leçon,--pourvu qu'on ne la leur demande pas! Et voilà!

Elle rebondit à sa place et s'enfonça carrément dans son coin, le nez en l'air, avec l'expression d'un sage qui rêve.

J'étais confondu. Il m'avait fallu arriver à trente ans pour pénétrer ces vérités fondamentales, bases de notre société, et Suzanne à huit ans n'avait plus d'illusions! Il est vrai que jusqu'alors je n'avais jamais assisté à un cours pour les demoiselles.

En voyant combien cette philosophie était claire et facile, et surtout avec quelle désinvolture Suzanne se l'appropriait, je bénis de plus en plus la pensée de ma belle-mère. En effet, il est bon de s'accoutumer à ce monde dans lequel nous sommes appelés à vivre, mais c'est un peu comme on s'habitue à l'hydrothérapie, non sans claquer des dents, et grommeler à part soi ou tout haut.

X

Trois années s'écoulèrent à peu près de la même façon; j'avais varié les cours; Suzanne s'y était faite de tout point, et à l'heure dite, elle venait me prendre dans mon cabinet. La voiture, attelée par ses ordres, nous attendait en bas, les cahiers et les livres étaient prêts dans un portefeuille de ministre, gros comme elle, qu'elle passait sous son bras avec l'aisance d'un vieux diplomate. J'étais émerveillé de toute cette prévoyance, mais je me gardais bien de le témoigner, car Suzanne avait cela de commun avec les autres enfants que les éloges la rendaient gauche et sotte. Je me contentai donc de lui laisser faire tout ce qu'elle voulait,--et je n'eus qu'à m'en applaudir.

Je la voyais passer et repasser dans la maison, avec sa grâce mutine, chantonnant quelque chanson sans paroles qu'elle se composait pour elle-même, et qui me charmait; elle jouait du piano, pas très-bien, car les difficultés du mécanisme l'ennuyaient, mais elle voulait en jouer quand même, afin de s'accompagner elle-même, quand elle pourrait chanter pour tout de bon. Suzanne était de la race des oiseaux, elle en avait l'activité silencieuse et la voix limpide; nous vivions toujours ensemble, jamais lassés l'un de l'autre, et véritablement heureux.

Madame Gauthier, qui n'oubliait rien, me retint un jeudi soir, au moment où je prenais mon chapeau.

--Et cette première communion, me dit-elle, quand la ferons-nous?

--Quand vous voudrez, répondis-je; tout de suite, si vous voulez.

--Comme vous y allez, mon gendre! On voit bien que vous n'êtes qu'un impur mécréant. Il nous faut, avant tout, deux ans de catéchisme.

Dans mon effroi, je déposai mon chapeau.

--Deux ans! Seigneur mon Dieu! Et où les prendrons-nous?

--Comment où? Cette année et l'année prochaine, ne vous déplaise!

--Oh non! pour cela non! Voyons, ma chère mère,--c'est à vous que je pourrais reprocher de plaisanter avec un sujet si sérieux. Comment s'y prend-on pour éviter deux ans de catéchisme? Car vous savez très-bien que j'irai aussi.

--Cela vous fera grand bien, païen que vous êtes.

--Non, cela me ferait beaucoup de mal, car je mourrais avant la fin; il est vrai que probablement, étant en état de grâce, j'irais tout droit en paradis, mais ce serait pour moi une triste consolation. Comment fait-on pour réduire ces deux années à leur plus simple expression?

Madame Gauthier me jeta un regard investigateur, puis, revenant à l'examen de ses manchettes:

--On va trouver l'archevêque.

--Ah! et puis?

--Et puis, on lui demande une dispense.

--Fort bien, et puis?

--On l'obtient.

--Parfait. Qu'est-ce que cela coûte?

--Cela ne coûte rien du tout, dit ma belle-mère en me regardant d'un air de défi.

Je m'inclinai avec respect.

--Alors, fis-je observer, pourquoi tout le monde ne demande-t-il pas des dispenses?

--Tout le monde n'est pas aussi mauvais chrétien que vous! grommela madame Gauthier.

Je m'inclinai derechef, mais pour la remercier.

--Mais encore, cette grande perte de temps, si onéreuse pour les parents pauvres...

--Pour les parents pauvres on peut n'exiger qu'un an.

--Ah! Et les parents riches peuvent avoir une dispense? De combien?

Ma belle-mère me tourna le dos. C'était son argument quand elle n'avait pas envie de répondre.

--Et que faut-il, ma chère mère, pour obtenir cette dispense? repris-je avec une douceur angélique.

--Il faut que l'enfant sache son petit catéchisme, et elle pourra faire sa première communion dans six mois.

--Eh bien, ma chère mère, je vous charge d'apprendre à Suzanne son catéchisme dans le plus bref délai, et, quand elle le saura, de demander la dispense. Vous ne direz plus, au moins, que je refuse de vous confier ma fille.

Madame Gauthier me jeta un regard composé de deux parties de reconnaissance et huit de reproche, mais le mélange était fort bien fait.

--Et, s'il n'y a pas d'indiscrétion, chère mère, quel motif alléguerez-vous pour votre demande de dispense?

--Je dirai, proféra ma belle-mère d'un air bourru, que si l'enfant n'a pas en elle et promptement les germes d'une religion solide, votre exemple la pervertira!

--Fort bien, chère mère. Je suis heureux de voir que les brebis galeuses ont la meilleure part au pâturage.

Le lendemain, après le déjeuner, j'appelai mon domestique:

--Pierre, allez acheter un petit catéchisme, tout de suite.

Pierre disparut effaré, mais il revint au bout d'.un temps assez court, avec le livre demandé.

--Vois-tu, Suzanne, dis-je à ma fille, tu vas apprendre cela par demandes et réponses, le plus vite possible, et tu le répéteras à ta grand'mère.

--Par coeur?

--Oui.

--Et si je ne comprends pas?

--Ça ne fait rien, on te l'expliquera plus tard.

Suzanne obéit et se mit dans un coin avec son livre. De temps en temps, elle me regardait avec étonnement, mais elle apprit tout jusqu'au bout et le répéta sans broncher.

Huit jours après, nous avions la dispense.

Jusque-là tout avait marché à souhait, mais les difficultés de l'entreprise se présentèrent bientôt. Le jeudi qui suivit l'admission de Suzanne parmi les néophytes, madame Gauthier arriva dès neuf heures du matin, avec un joli portefeuille en cuir de Russie, fleurant comme baume et tout neuf, copieusement garni de papier et de crayons.

--Quel bon vent vous amène, chère mère? lui dis-je avec la grâce que j'apportais toujours dans nos relations.

--N'est-ce pas jeudi aujourd'hui? me répondit-elle de l'air le plus naturel.

--Sans doute.

--Eh bien! je viens chercher Suzanne, pour la conduire au catéchisme.

--Que c'est aimable à vous! Et ce petit meuble, à quel usage le destinez-vous? dis-je en désignant le portefeuille.

--C'est pour prendre les notes, afin de faire les analyses.

--Ah! c'est fort bien pensé! Eh bien, quand vous voudrez.

--Gomment! vous venez aussi?

--Certainement. Ne savez-vous pas que j'accompagne ma fille partout?

--Mais je croyais que vous m'aviez confié l'éducation religieuse...

--Sans doute, mais j'irai au catéchisme pour m'instruire.

Je parlais sérieusement; cependant madame Gauthier me jeta un regard dubitatif.

--Enfin, dit-elle, nous verrons bien, venez toujours.

Une heure après, pendant que les filles d'un côté, les garçons de l'autre chantaient,--assez faux, je dois l'avouer,--les cantiques d'usage, ma belle-mère et moi nous nous trouvions côte à côte sur des bancs de bois peu commodes, mais tout à fait évangéliques par leur nudité. J'admirais en moi-même cette simplicité, digne des premiers âges de l'Eglise, et propre à écarter les idées mondaines, quand un sacristain vint s'excuser de cette installation provisoire, et nous prévenir que la semaine suivante nous aurions des chaises.

Je regrettai les bancs de bois, mais pour le principe seulement.

Le catéchiste monta en chaire et récita une instruction, fort bien faite du reste. Dès les premiers mots, ma belle-mère, comme toutes les dames qui nous entouraient, avait ouvert son portefeuille, arboré du papier blanc, et s'était mise à écrire fiévreusement. Malgré les pauses habilement ménagées de l'orateur, ces dames prenaient une peine énorme. On n'entendait que le froissement des feuilles de papier vivement retournées, les coups secs des crayons et le bruissement des soieries chiffonnées dans le mouvement rapide des manches sur le vélin.

J'observais ce spectacle avec le désintéressement du sage: *Suave mari magno*, lorsque je saisis un regard éploré de ma belle-mère.

--Qu'y a-t-il? lui dis-je aussi bas que possible.

Elle me montra piteusement son cahier, où des lambeaux informes de phrases couraient les uns après les autres sans pouvoir se rattraper.

--Ah! voilà! pensai-je, ce sera moi qui devrai faire les analyses! Enfin, c'est pour m'instruire que je suis venu!

Je pris le crayon, le petit portefeuille, dont la senteur trop prononcée me donna la migraine; je pris des notes succinctes, mais assez coordonnées pour aider la mémoire.

--Voyez un peu, dis-je à ma belle-mère en sortant, de quels moyens le Seigneur se sert pour arriver à ses fins!

Elle me jeta Un regard de blâme, et pourtant, me sourit agréablement.

--Vous me permettrez au moins, lui fis-je observer, de changer le portefeuille, car je serais voué aux migraines à perpétuité.

XI

Ceci n'était que le commencement. Restait le véritable travail, la mise en oeuvre des documents recueillis dans ce précieux portefeuille. Avec la conscience qui présidait à nos actions, le soir venu, j'installai Suzanne devant mes notes, et je lui dis de faire le résumé,--ce qu'on appelle l'analyse,--de l'instruction qu'elle avait entendue. De mon côté, je pris un journal, et je m'absorbai dans la politique.

Au bout d'un quart d'heure, n'entendant pas la plume grincer sur le papier, je levai les yeux. Suzanne avait fourré ses dix doigts dans l'épaisseur de sa chevelure blonde et frisottée, de sorte qu'elle m'apparaissait au sein d'un nimbe vaporeux. Son front blanc était plissé par la méditation; ses deux coudes, arc-boutés sur la table, soutenaient, comme Atlas, le poids de ce jeune cerveau. Elle présentait l'image du labeur obstiné et infructueux.

--Eh bien? fis-je en déposant mon journal.

--Je n'y comprends rien! fit-elle d'un air désespéré, mais avec son énergie habituelle.

--Rien?

--Pas grand'chose. Ce matin, pendant l'instruction, il me semblait avoir compris, mais à présent voilà de grands mots, des belles phrases. Je ne pourrai jamais sortir de là.

Je pris le cahier de notes;--Suzanne avait raison, elle ne sortirait jamais de là. Ce genre de travail n'est pas de ceux que peuvent exécuter des intelligences de onze à quatorze ans; il faut être rompu aux difficultés de l'analyse et du compte rendu pour discerner dans un discours les points qui méritent d'être notés et ceux qui ne sont que du développement.

--Passe-moi tes notes, dis-je à Suzanne. Elle obéit et vint s'asseoir près de moi, un bras sur mon épaule, poursuivre mon travail; mais, après un examen attentif, je ne travaillai pas, et j'envoyai Suzanne se coucher.

Le lendemain, j'allai trouver madame Gauthier.

--Est-il très-nécessaire, lui dis-je sans préambule, que Suzanne fasse des analyses?

--Certainement, répondit-elle, cela va de soi.

--A quel point de vue envisagez-vous cette corvée comme une nécessité?

--Tout le monde en fait,--vous ne voudriez pas placer votre fille au-dessous du niveau le plus ordinaire?

Je méditai un instant. La nécessité de placer ma Suzanne au même niveau que les jeunes filles du catéchisme ne m'apparaissait pas comme très-évidente;--d'un autre côté, j'étais résolu, ai-je dit, à ne lui créer, en ce qui dépendait de mon initiative, aucun obstacle futur dans la vie...

--Comment font les autres petites filles? demandai-je à ma belle-mère.

Elle ne répondit pas tout de suite; j'entrevis un filet de lumière.

--Si vous faisiez, ses analyses, ma chère mère? lui glissai-je insidieusement.

--Et vous, mon gendre, pourquoi ne les feriez-vous pas? riposta madame Gauthier avec cette verdeur qui la rendait si redoutable.

--Moi? m'écriai-je, mais, moi, je ne suis pas convaincu...

--Eh bien! cela vous convaincra peut-être.

Je n'étais pas enchanté; cependant, ne voyant guère d'autre moyen de trancher la difficulté, je finis par acquiescer. Mais je voulus en échange avoir le coeur net de mes doutes:

--Alors, ce sont les mamans ou les papas qui font ces belles analyses que tout le monde admire?

--Évidemment! murmura ma belle-mère en haussant les épaules.

--Et ces messieurs les catéchistes l'ignorent? Ma belle-mère me tourna le dos, ce qui était son argument sans réplique. Fier de mon avantage, je poursuivis:

--S'ils l'ignorent, c'est eux que l'on trompe; --mais s'ils ne l'ignorent pas, c'est le cas de demander: qui trompe-t-on ici? Et la vérité, première base de la foi, et l'honneur, et la loyauté, qu'en faisons-nous en tout ceci?

--Voulez-vous que je vous dise, mon gendre? repartit ma belle-mère en tournant vers moi son visage irrité; vous devriez vous faire protestant.

Et elle me quitta, enchantée de sa sortie.

Je fis les analyses de Suzanne, qui les recopia de sa plus belle écriture sur du papier vélin, orné de filets d'or; c'était la mode cette année-là pour les analyses de catéchisme; et je dois avouer, pour la plus grande gloire de la religion, que nous obtînmes le cachet d'honneur tout le long de l'année. Voilà où devaient me conduire mes études universitaires! C'est pour cela que j'avais obtenu mes diplômes, hélas!

Suzanne eut beaucoup de peine à accepter la convention. Elle ne voulait absolument pas signer un travail qu'elle n'avait pas fait. Je l'engageai à causer avec ses petites compagnes, et elle obtint facilement des aveux. Personne ne se cachait d'en agir ainsi.

--Tout de même, papa, me dit cette puritaine, c'est joliment malhonnête de signer ce qu'on n'a pas fait. Ce n'est pas seulement un mensonge, c'est un abus de confiance!

--Oh! les grands mots! mademoiselle Suzon, vous êtes une petite révolutionnaire.

--Et puis, c'est pour tromper le bon Dieu, ce qu'on en fait! Que c'est vilain!

Je ne veux pas raconter ici les événements et les orages de ces six mois. Suzanne voulait tout comprendre, tout expliquer; sa conscience droite n'admettait ni les atermoiements, ni les subtilités, et, pour en arriver à nos fins, ma belle-mère et moi, nous eûmes parfois besoin de recourir à notre autorité.

--J'aime bien le bon Dieu, disait cette révoltée, mais ce qu'on nous enseigne est aussi par trop absurde!

Le grand jour arriva; cependant Suzanne n'avait accepté de son instruction religieuse que le côte du sentiment, mais là elle s'était donnée tout entière. Elle n'avait pas ce qu'on appelle la foi, mais elle avait l'amour. Je craignis que le catéchisme n'eût outrepassé les limites de ce qui est sain et raisonnable. Les trois jours de la retraite l'avaient laissée brisée et comme anéantie.

Le jour de la première communion lui donna une fièvre mystique dont je me serais assurément bien passé. Je n'entravai en rien cependant cet élan de ferveur, persuadé qu'en changeant de milieu, Suzanne redeviendrait ce qu'elle était, une petite femme très-raisonnable, quoique très-enthousiaste. Mon attente ne fut pas trompée, si bien qu'un beau jour, conclusion peu logique de ses six mois de catéchisme, je m'aperçus que c'était elle qui commandait le dîner.

--C'est que je ne suis plus une enfant, maintenant! me dit-elle d'un air si grave, que je ne pus m'empêcher de lui rire au nez.

Tout n'était pas perdu; au catéchisme, elle avait appris à s'asseoir, à marcher, à saluer comme une coquette consommée. Madame Gauthier fut enchantée, et moi aussi. Mais quand il fut question du catéchisme de persévérance, je refusai net, et Suzanne ne m'en parla jamais. Je crois bien que la question des analyses fut pour quelque chose dans son silence.

XII

L'été qui suivit la première communion de Suzanne a pris date dans nos meilleurs souvenirs, et pourtant ce fut un des plus éprouvés de ma vie. A peine étions-nous installés à la campagne, que je tombai malade.

Je crus d'abord ce malaise sans gravité, mais tout à coup il s'accentua de telle façon que je fus contraint de me mettre au lit: et le médecin de la petite ville voisine constata l'invasion d'une fièvre nerveuse.

Le danger ne se montra jamais très-sérieux, grâce à ma robuste constitution; à peine pendant deux ou trois jours la maison fut-elle alarmée; mais la convalescence se prolongea beaucoup, et c'est cette convalescence qui fit notre félicité à tous les deux.

Suzanne s'entendait à tout. Qui lui avait appris à doser une limonade, à mesurer la lumière d'une lampe, à ouvrir et fermer les fenêtres juste un moment avant que j'en eusse pressenti le désir? Je l'ignore. Peut-être était-ce un instinct héréditaire, car jamais personne n'avait su comme sa mère apporter la paix et la confiance dans une maison de malade.

Quelle joie pour moi, encore faible et impressionnable, de sentir, plutôt que d'entendre ce pas léger comme le vol d'un papillon, aller et venir ça et là, mettant de l'ordre et de l'harmonie partout; de voir cette main agile, encore potelée et déjà fine, ranger les plis du rideau, donner de la grâce à ma couverture, ou porter délicatement un bouillon dans le bol d'argent! Elle goûtait le bouillon de ses lèvres roses, soufflait dessus quand il était trop chaud, et il me semblait que son souffle enfantin passait dans mes veines avec la force et la vie renouvelées.

--C'est toi qui es mon enfant, me disait-elle à tout moment. Sois bien sage, et ne défais pas ta couverture!

Elle me lisait de longs passages de mes auteurs favoris, des nôtres, devrais-je dire, car nous avions tout mis en commun: je goûtais ses récits de voyages, et elle appréciait les passages choisis de mon vieux Montaigne. Loin de professer l'horreur conventionnelle pour les ouvrages qui pouvaient ouvrir son esprit à des questions qu'on interdit aux jeunes filles, je m'efforçais par une pente insensiblement graduée de lui faire comprendre combien le mariage est chose sérieuse et irrévocable, combien l'amour est respectable et sacré, quels droits et quels devoirs la loi donne à la femme... elle comprenait tout et s'assimilait lentement, sans curiosité, les idées de mariage et de maternité. Pourquoi eut-elle été curieuse? Elle ne savait pas qu'il y eût quelque chose à cacher!

L'amour pour elle, c'était mon union avec sa mère: le bonheur complet, réalisable sur la terre, de vivre avec un compagnon aimé, auquel on dit tout, qu'on associe à toutes ses pensées, à tous ses actes, près duquel on dort, pour ne pas le quitter même pendant le repos; d'élever ensemble, avec les mêmes fatigues et la même tendresse, les enfants qui doivent vous remplacer dans la société... Elle me fit raconter mille fois ses premières années, les soins qu'elle nous avait coûté, comment sa mère était morte après l'avoir sauvée; et je sentais bien que ces récits pénétraient dans son âme, pour y affirmer le respect de la foi conjugale et de l'amour permis. Quant à l'autre, celui qui n'est pas permis, elle n'en soupçonnait pas l'existence.

Je recouvrai peu à peu la santé; appuyé sur son épaule, car elle grandissait très-rapidement, je pus faire le tour du parterre, puis du parc; nous allâmes nous asseoir au bord de son ruisseau, qui lui avait paru si grand jadis, et qu'aujourd'hui elle franchissait d'un bond comme une jeune amazone. Nous visitâmes ensuite le pays dans un petit panier traîné par un poney très-doux qu'elle conduisait elle-même, et toujours ensemble, heureux de ne pas nous quitter, nous vécûmes dans un cercle enchanté.

--Tu es toute ta mère! lui dis-je un soir, touché jusqu'aux larmes pendant que, penchée sur moi, elle cherchait la page dans mon livre pour épargner un peu de fatigue à mes yeux vieillis.

Suzanne me regarda soudain; ses yeux bleus pleins de tendresse, de bonne volonté, de douceur soumise, débordèrent de larmes pressées, et elle se laissa glisser à genoux sur le tapis.

--Qu'as-tu? lui dis-je étonné, en la serrant dans mes bras.

--Tu ne m'en veux donc pas, mon père chéri? me dit-elle. Tu ne m'en veux donc pas d'avoir fait mourir maman à la peine?

--Quelle idée! ma Suzanne, mon enfant; d'où te vient cette pensée cruelle?

--C'est que, vois-tu, dit-elle en essuyant ses larmes qui coulaient malgré elle, j'ai pensé bien des fois que c'est ma faute si elle était morte, et je te trouvais si bon de ne pas m'en vouloir, de ne me l'avoir jamais reproché!....

--Reproché! ma Suzanne, mais tu l'as remplacée; mais, grâce à toi, je ne me suis jamais senti seul! Oui, tu es bien la vraie fille de ta mère!

Nous mêlâmes nos pleurs, je ne rougis pas de le dire.

XIII

Encore quatre ou cinq années de félicité à joindre au total de nos jours heureux, puis les réalités de la vie commencèrent pour nous. Ma fièvre nerveuse m'avait laissé de longs accès de faiblesse, d'inexplicables lassitudes dont je ne m'étais jamais beaucoup effrayé;

mais, vers l'époque où Suzanne atteignait sa seizième année, j'éprouvai des étouffements et des battements de coeur qui ne laissèrent pas que de me donner des craintes sérieuses.

En cachette de ma fille, je me rendis chez notre ami le docteur, et je le priai de me dire au juste ce qu'il en était.

--Vous comprenez, lui dis-je, docteur, l'intérêt que j'ai à connaître la vérité; Suzanne n'a que moi,--car ma belle-rnère...

Il m'interrompit d'un geste de la main; il la connaissait, cette excellente madame Gauthier, et savait aussi bien que moi ce que l'on pouvait attendre d'elle.

--Eh bien, dit-il, nous allons voir cela, et je vous, promets la vérité, toute la vérité, rien que la vérité, comme dans Jean Hiroux.

Il plaisantait, l'excellent ami, mais la main qu'il posa sur la mienne tremblait plus que de raison.

L'examen, long et attentif, fut suivi d'un silence qui me parut un arrêt de mort. J'allais prévenir sa condamnation en la prononçant moi-même, lorsqu'il m'arrêta du geste:

--Non, dit-il, ce n'est pas ce que vous croyez. C'est une maladie de coeur en effet,--très-développée, j'en conviens; elle peut vous foudroyer demain,--comme elle peut vous laisser atteindre les limites de l'extrême vieillesse. C'est une affaire de coïncidence, de hasards... Pas d'émotions, vous savez?

Je fis un signe de tête affirmatif.

--Entre nous, docteur, lui dis-je, pourquoi cette recommandation? Croyez-vous qu'on se prépare des émotions de gaieté de coeur?

--Eh! eh! dit-il, cela se voit, les femmes ne détestent pas ça... Pour vous, je conviens que le précepte est inutile.

Il se tut, et je restai silencieux. J'avais craint pis que cela, mais le danger existait toujours. Je fis un effort et posai une question vitale que notre ami de vingt ans devait comprendre.

--Dois-je marier Suzanne? dis-je d'une voix que je sentais altérée.

--C'est dur! murmura le vieux médecin, une enfant à qui vous avez tout sacrifié...

--Est-elle trop jeune?

--Hem! on attendrait encore bien une couple d'années!

--Vivrai-je autant que cela?

Il ne répondit pas d'abord, puis levant sur moi son honnête regard:

--Je n'en sais rien! répondit-il franchement.

--Croyez-vous qu'elle puisse se marier? est-elle assez bien portante pour supporter les fatigues, --le coeur me manquait, je baissai la voix,--et les chagrins du mariage?

--Elle est solide, Dieu merci! s'écria le docteur.

--C'est bien, mon ami, je vous remercie, dis-je en serrant la main de mon vieux conseiller.

Je sortis navré.

Ce n'était rien de penser à ma solitude, à l'abandon de mon foyer, à l'isolement de mes vieux jours... Mais elle, Suzanne, serait-elle heureuse comme je l'avais juré à sa mère? Je revins au logis le coeur plein de tristes pensées, et je les gardai pour moi.

Suzanne cependant devinait que je lui cachais quelque chose. J'avais si rarement eu besoin de dissimuler avec elle, que j'étais malhabile. Elle me câlina, me circonvint de cent manières, sans m'arracher mon triste secret. A la fin, pourtant, pressé de toutes parts, je finis par lui dire que je pensais à la marier.

--Me marier? fit-elle avec un cri d'effroi, déjà? pourquoi?

--Pour que, après moi, ma fille, tu aies un appui dans la vie.

--Après toi? fi le méchant père qui parle de choses défendues!

Elle couvrit mes yeux et mon front de tendres baisers et s'assit sur mes genoux pour mieux m'embrasser.

--Regarde, lui dis-je en essayant de plaisanter, regarde comme je suis vieux! J'ai des cheveux blancs.

--Quatre seulement! fit-elle, je les ai comptés!

--Et j'engraisse.

--Ce n'est pas vrai, tu n'engraisses pas du tout, tu es toujours mon svelte et élégant papa, que les dames admirent dans la rue. C'est que je suis fière de toi, vois-tu! Allons, père, conviens que jamais tu ne pourras me mettre au bras d'un mari qui vaille mon père!

--Mais, Suzanne, lui dis-je fort ému, je ne suis pas trempé dans le Styx, moi, je n'ai pas pris de brevet d'immortalité!

Elle fondit en larmes. Je ne savais plus que faire. Je lui dis des folies sans nombre, mais je ne la consolai qu'à moitié. Cette nuit-là et beaucoup d'autres, à l'heure où tout le monde dormait, j'entendis son souffle contenu au seuil de la porte de ma chambre, toujours ouverte, pour elle.

Elle venait, pieds nus, s'assurer que je dormais paisiblement,--et plus d'une fois, pendant un douloureux accès d'angoisse, je cachai ma tête sous les draps pour lui épargner le chagrin d'entendre ma respiration oppressée.

Je fis part à ma belle-mère du danger qui me menaçait, et je dois convenir qu'elle fut parfaite. Elle mè promit de laisser à Suzanne toute sa liberté d'action, si le malheur voulait qu'elle restât orpheline avant que je lui eusse trouvé un mari, et je n'eus qu'à me louer de la bonne volonté qu'elle apporta à me seconder dans la tâche difficile de choisir cet époux.

XIV

Le moment était venu de conduire Suzanne dans le monde. Madame Gauthier eût volontiers accepté cette corvée; mais je ne m'en rapportais qu'à moi pour examiner les prétendants, et je tins à les accompagner partout toutes les deux.

Malgré le peu de joie que me causait cette présentation dans notre société frivole, je ne pus me défendre d'un mouvement très-vif d'orgueil paternel lorsque pour la première fois je vis ma fille en costume de bal. Fidèle à ses goûts d'enfance, elle avait voulu du blanc, rien que du blanc sur toute sa charmante personne, et la guirlande de jasmin qui serpentait dans ses cheveux, sur son corsage, tout autour, d'elle, était bien l'emblème de sa vaporeuse et idéale beauté.

Mon seul regret fut que sa mère ne pût la voir telle qu'elle était ce jour-là. Nous allâmes un peu partout où l'on peut mener les jeunes filles. Au théâtre, au bal, au concert, Suzanne éblouissait grands et petits par sa grâce séduisante et le charme ingénu qui se dégageait d'elle. En moins de trois mois, il se présenta dix-sept prétendants, qui tous furent évincés, par ma belle-mère, par moi ou par Suzanne elle-même.

J'étais bien résolu à ne me laisser influencer par aucune considération matérielle. Si le choix de ma fille s'était porté sur un artiste, pauvre et inconnu, mais doué de facultés productrices, un de ceux qui sont créés pour grandir et se perfectionner, j'aurais donné mon consentement sans hésiter. Mais, bien entendu, la sagesse bourgeoise qui dort au fond du coeur des pères aurait préféré un gendre mieux posé, plus riche, mieux apparenté.

Suzanne allait et venait au milieu de ces nouvelles impressions avec la même aisance que, tout enfant, elle avait déployée à son cours d'histoire. Je laissais à tous les prétendants acceptables le loisir de faire eux-mêmes leur demande, et c'était, jusqu'alors Suzanne elle-même qui s'était chargée de les évincer. J'avais voulu qu'elle connût l'émotion de se sentir demandée; j'avais exigé qu'elle pût peser la valeur d'une parole d'amour,--le tout au grand scandale de ma belle-mère.

--Mais, mon gendre, s'était-elle écriée, cela ne s'est jamais vu! C'est monstrueux!

--Qu'est-ce qui est monstrueux? De laisser Suzanne juger par elle-même de l'impression que lui fait celui qui sera son mari?

--On ne petit pas permettre aux jeunes filles de parler de ces choses-la avec les hommes...

--Avant le mariage ou après?

Ma belle-mère m'eût envoyé au diable si cette expression vulgaire n'eût pas choqué ses principes rigides. Mais je tins bon comme toujours.

Chacun a plus ou moins sa marotte. J'avais trouvé mon gendre moi;--par malheur il ne voulait pas se marier, et décemment je ne pouvais pas aller lui proposer ma fille.

C'était un jeune homme de vingt-cinq ans environ, aimable bien élevé, bon musicien, joli garçon;--bref, il avait tout pour plaire. Sa position sociale était d'être, comme il le disait gentiment, avocat sans causes.

--Je serai riche un jour, disait-il, avec une bonne grâce parfaite, à ceux qui lui demandaient la raison de son aversion pour le mariage; mais je serai riche le plus tard possible, car tout mon bien me viendra d'une vieille tante qui m'a élevé et que j'adore. Eh bien, je me marierai quand je serai riche, pas avant,--car je ne veux pas faire entrer «mes espérances» au contrat, et actuellement personne ne me donnera sa fille pour mes beaux yeux!

Il riait avec tant de jeune confiance, avec tant de bonne humeur que j'avais été prêt plus d'une fois à glisser sur le terrain des invites; cet avocat sans causes gagnait sans s'en douter, à toute heure du jour, le procès de la jeunesse et de la gaieté contre la sagesse mondaine. Mais Suzanne qui chantait volontiers des duos avec lui, ne le considérait que comme un très-aimable baryton et je fus contraint de renoncer à nommer Maurice Vernex mon gendre.

Ma belle-mère aussi avait trouvé son gendre, et plus heureuse que moi, d'ailleurs secondée par le sujet lui-même elle parvint à le faire agréer.

M. Paul de Lincy était le type du mari modèle, le mari en cartonpâte que toutes les mères désireuses de «bien marier» leurs filles devraient placer sur leur commode, sous un globe.

C'était un beau garçon de trente-deux ans, large d'épaules, quelque peu ventru, mais guère, avec des favoris noirs, des cheveux noirs, des yeux gris un peu bridés; grand chasseur devant l'Éternel, grand fumeur devant tout le monde,-- hormis les dames;--grand buveur, je l'appris plus tard, dans le secret de son cabinet. Ce mari superbe possédait une belle terre, patrimoine authentique de sa famille, avec un vrai château en pierres de taille, entouré de vrais fossés où coassaient de vraies grenouilles; bref, tout était vrai en lui et en ses appartenances.

--Il ne me plaît pas énormément, dis-je à ma belle-mère, qui me détaillait tous ces avantages réels.

--Que vous faut-il de plus? rétorqua-t-elle avec sa vivacité accoutumée.

--Je ne sais... peut-être quelque chose de moins... Suzanne est si mignonne, si frêle auprès de ce gros garçon... j'ai peur qu'il ne la casse en lui serrant la main.

Ma belle-mère haussa les épaules.

--Et puis ces messieurs les hommes, dit-elle, prétendent que les femmes seules ont le privilège des fantaisies romanesques! Enfin, l'autorisez-vous, ce gros garçon, à faire sa cour à Suzanne?

--Laissez-moi prendre mes informations, dis-je, pour gagner du temps.

--Allez, allez, prenez tout ce que vous voudrez. Je sais à quoi m'en tenir, répondit madame Gauthier d'un air de triomphe.

Je m'en fus secrètement sous un faux nom au château de Lincy; je fis un métier indigne, car je subornai les domestiques, et je graissai la patte aux aubergistes pour les faire parler. Tout le monde fut d'accord pour louer le jeune châtelain. Il payait bien, n'avait point de dettes, n'avait jamais amené de «demoiselles» au château; personne ne se souvenait de l'avoir vu malade, et il fréquentait la meilleure société à dix lieues à la ronde. Je revins fort penaud, et Suzanne me reprocha amèrement d'avoir découché.

--Voilà papa qui se dérange, dit-elle d'un ton désabusé. Après dix-sept années d'une vie exemplaire! Papa va dénicher des oeufs dans les poulaillers, probablement? Où allons-nous!

Elle levait les bras d'une façon si comique que ma disposition fâcheuse n'y put tenir.

--Que dis-tu de M. de Lincy? lui demandai-je sans précautions oratoires.

--Je n'en dis rien du tout, fit-elle les yeux baissés.

--Eh bien, qu'est-ce que tu en penses?

--Je n'en pense pas grand'chose. Est-ce que les demoiselles ont le droit de penser quelque chose sur le compte des messieurs? répondit-elle avec cette drôlerie qui la rendait si amusante.

--Quand les messieurs ont l'intention de les demander en mariage, répliquai-je, je crois que les demoiselles peuvent se permettre de les juger.

Suzanne ne répondit pas, et je vis que ma belle-mère avait agi sur elle pendant mon absence.

M. de Lincy vint le lendemain, et je l'autorisai à faire sa cour. J'en avais autorisé bien d'autres, que le vent avait emportés; j'espérais qu'il en serait de même pour celui-ci... Hélas! ma belle-mère était plus forte que moi à ce jeu-là! Et puis il n'était pas bête, ce gros garçon, comme je l'appelais en dedans de moi-même avec dédain; il amusait Suzanne, il la faisait rire. Ils étaient entrés facilement dans la familiarité de bon ton de gens qui se trouvent bien ensemble. Il voulait plaire, et il plaisait.

J'étais perplexe. Il ne me plaisait pas à moi; je le trouvais grossier, sans avoir pourtant rien à lui reprocher; cette grossièreté venait du fond, car certes elle n'était pas à la surface. Peut-être aurais-je tout rompu si une série de crises ne m'avait fort abattu. Pendant deux ou trois jours, je crus que la fin était venue et que j'allais mourir sans avoir établi Suzanne. Cette crainte et les instances de ma belle-mère me décidèrent. Cependant je voulus savoir ce que pensait Suzanne elle-même, et je l'interrogeai.

--Te plaît-il? lui demandai-je le coeur serré.

--Mais oui; il est très-gentil, très-amusant.

--Te sens-tu capable de passer ta vie avec lui?

--Je crois que oui, père, répondit Suzanne en me regardant d'un air candide.

--Sais-tu bien ce que c'est que le mariage? repris-je hésitant.

Elle me regardait toujours.

--Mais oui, père, répondit-elle; c'est la vie en commun avec quelqu'un qu'on estime et qu'on aime...

Il y avait encore autre chose, mais je ne pouvais pas le lui dire: devant l'innocence de ses yeux d'enfant, le père ne pouvait que se taire. C'est la mère qui eût dû parler! La mère n'était pas là; Le père fit un dernier effort.

--Es-tu sûre d'être heureuse avec lui?

Elle fit un signe affirmatif.

--Personne ne te plaît davantage? ajoutai-je honteux de cette supposition.

Elle répondit avec sa candeur ordinaire:

--Si quelqu'un me plaisait davantage, c'est celui-là que j'épouserais.

Je poussai un soupir. Elle vint m'embrasser. Le lendemain, elle était fiancée, et l'on commença la publication des bans.

XV

--Si vite? dis-je à ma belle-mère lorsqu'elle vint me demander les papiers nécessaires.

--Je croyais, répondit-elle avec son air gendarme, que c'était vous qui étiez pressé?

Pressé! Oui, je l'étais, car toutes ces émotions me rendaient bien malade, et je craignais d'être surpris avant d'avoir tout mis en ordre.

--Soit, dis-je avec résignation. Que dois-je faire?

--Voir votre notaire, qui s'entendra avec celui de M. de Lincy, et lui dire au juste ce que vous donnez en dot à Suzanne.

Cette conversation me laissa rêveur, et, tout en roulant d'un endroit à l'autre pour les formalités d'usage, je me demandai ce que j'allais donner en dot à Suzanne. Lui donner quelque chose! Cette idée me paraissait bien extraordinaire. Est-ce que tout ce que j'avais n'était pas à elle? Pour la première fois, j'allais séparer sa vie de ma vie, son bien de ma propriété... C'était bien étrange, et, je l'avoue, bien pénible.

Mon notaire m'attendait, avec de gros dossiers sur sa table. Il me fit asseoir en face de lui, tout près, à portée de ses yeux noirs et myopes, et se lança aussitôt au coeur de la question.

--Mademoiselle Normis, me dit-il, possède deux cent mille francs du chef de sa mère, ce qui fait de dix à douze mille livres de rente, c'est un fort joli denier; que désirez-vous y joindre?

--Ma foi, répondis-je honteux, je n'en sais rien du tout. C'est à vous de me dire ces choses-là. Combien donne-t-on à sa fille en la mariant quand on a plus d'argent qu'on n'en peut dépenser?

--Cela dépend du gendre qu'on prend, répondit mon notaire d'un air posé qui ne voulait pas être narquois.

Je me taisais, il continua:

--Dans le cas de M. de Lincy, je vous conseillerai de donner le moins possible, et vous voyez, ajouta l'excellent homme en souriant, que je ne parle pas dans le sens de mes intérêts.

Je le remerciai du regard, et je continuai à regarder le feu.

--Pourquoi, lui dis-je, après un moment de réflexion, pourquoi me conseillez-vous ainsi? Dans le cas de M. de Lincy, avez-vous dit? Sauriez-vous quelque chose de défavorable sur son compte?

Un vague espoir de ne pas marier ma fille venait de me traverser la cervelle; ce ne fut qu'un éclair, le bon sens et la réponse du notaire me ramenèrent à la réalité.

--Absolument rien de défavorable; mais c'est un jeune homme qui sait le prix de toute chose; je le croirais assez, non intéressé, mais... il ne put trouver le mot et reprit: Je crois qu'on aura beaucoup à s'en louer si on le tient par la corde d'argent. Puisque mademoiselle Normis est votre unique héritière...

Nous restâmes silencieux tous les deux.

--Que dois-je donner à Suzanne? repris-je enfin. Tout cela me paraissait douloureux comme une agonie.

--Donnez-lui dix autres mille francs de rente, insista le notaire, avec un capital inaliénable.

--Faites comme vous voudrez, dis-je en me levant, je n'entends rien à ces choses que je trouve horriblement pénibles; Je souffre... arrangez tout pour le mieux, afin que dans sa vie conjugale, ma fille soit heureuse...

Je m'en allai le coeur serré, et j'eus besoin de quelques heures de repos pour me remettre. En entrant au salon, vers six heures, je trouvai Suzanne, vêtue de clair, gaie et bavarde comme je ne l'avais jamais vue; un bouquet superbe parfumait trop fort l'appartement, elle riait avec son fiancé... J'eus envie d'étrangler cet homme que je trouvai insupportable.

Il fallait pourtant le supporter. Les jours s'écoulaient... les bouquets se suivaient et se ressemblaient, mes angoisses aussi,--j'étais devenu nerveux, impatient, presque méchant. Mes entrevues avec mon notaire me donnaient des palpitations de coeur.

--Il est décidément très-fort, M. de Lincy, me dit un jour le brave homme, il veut absolument le capital, et non les revenus...

--Qu'on le lui donne, pour l'amour du ciel, et qu'il n'en soit plus question, m'écriai-je, ces marchandages me font mal au coeur!

--Non pas, non pas, répliqua le notaire, il vaudrait mieux faire à mademoiselle Normis quinze mille francs de rente, et laisser le capital à l'abri...

--Fort bien, répondis-je, terminez vite, et surtout ne m'en parlez plus.

Le dernier dimanche, Suzanne m'emmena à l'église pour entendre ses bans: «Il y a promesse de mariage entre M. Paul-Raoul de Lincy et mademoiselle Suzanne-Marie Normis.»

La voix du prêtre tomba sur mon coeur comme un suaire.. Quoi! ma fille, ma Suzanne, allait me quitter, quitter mon nom... je n'aurais plus d'elle que ce qu'il plairait au mari jaloux de m'accorder? A peine sorti de l'église, je courus chez mon gendre qui venait de se lever et qui fut fort étonné de me voir.

--Cher monsieur, lui dis-je sans préambule, je n'avais pas pensé à une chose, c'est que je ne puis consentir à me séparer tout à fait de ma fille... vous savez que je l'ai élevée depuis sa plus tendre enfance...

M. de Lincy fit un signe de tête et continua à me regarder d'un air inquiet.

--Je vous prie donc de consentir à ce qu'elle continue à vivre près de moi, et: à cette fin, je vous offre le premier étage de mon hôtel, me réservant seulement le rez-de-chaussée.

--C'est trop de bonté, vraiment, cher monsieur, me dit mon futur gendre avec une grande affabilité; nous craindrions de beaucoup vous gêner.....

--Suzanne ne peut pas me gêner, repris-je avec vivacité, et son mari, continuai-je en faisant un violent effort, son mari ne peut pas me gêner non plus.

M. de Lincy me serra la main.

--Eh bien, dit-il, c'est entendu; vous savez toutefois que nous passerons tous les ans quelques mois à ma terre de Lincy... Là, je n'ai pas besoin de vous dire que vous serez le bienvenu, et au retour...

--Vous vous installerez chez moi, interrompis-je avec joie.

--C'est entendu, fit mon futur gendre.

Je le quittai en toute hâte, et je rentrai chez moi. Suzanne m'attendait pour déjeuner, fort étonnée de ma brusque disparition.

--Voilà, fit-elle en m'apercevant, j'ai un père qui se dérange de plus en plus! un père qui disparaît sans prévenir, qui rentre tout à coup, qui surgit entre les rideaux comme d'une tabatière à surprise! Ah! j'ai vraiment un père bien extraordinaire!

Elle regardait d'un air mutin; ses yeux riaient, et toute sa gracieuse personne semblait danser. Je la pris dans mes bras, et je la serrai sur mon coeur qui battait trop fort.

--Suzanne, ma fille, lui dis-je, nous ne nous quitterons pas, tu demeureras ici après... après ton mariage.

--Vrai? s'écria-t-elle avec son joli petit cri: Eh bien! je m'en étais toujours doutée, car je me disais: Enfin, papa ne peut pas avoir de raison pour me mettre à la porte comme cela! Au bout du compte, je suis toujours sa fille!

Ma chère enfant! Quelle bonne journée nous passâmes ensemble! M. de Lincy ne vint qu'à six heures et demie, et je constatai avec joie que Suzanne ne s'était pas aperçue de son retard.

Elle ne l'aime pas follement, me dis-je: tant mieux!... Je me trouvai si monstrueusement égoïste que je n'osai achever ma pensée.

XVI

Le jour fatal arriva: le mariage à la mairie avait été célébré la veille, et j'avais mal caché ma joie jalouse en ramenant pour un jour encore à la maison paternelle ma fille mariée.

Cette nuit-là j'avais plus souffert que de coutume, et elle était venue sur la pointe du pied, comme elle le faisait souvent, écouter mon souffle inégal; cette nuit-là encore j'avais eu la force de dissimuler ma souffrance, et j'avais caché mon visage brûlant dans l'oreiller pour étouffer le cri de l'angoisse. Puis elle avait disparu, légère, toute blanche, dans sa robe de nuit, et le frôlement du rideau m'avait laissé comme un adieu de sa main délicate. Le matin était venu, on m'avait amené ma fille vêtue de blanc, si semblable à sa mère jadis, que j'en avais eu un éblouissement. Je ne sais plus ce qui suivit: ma belle-mère me tança, je ne sais plus pourquoi; je conduisis ma fille le long d'un tapis rouge qui m'aveuglait, aux sons ronflants des orgues qui m'assourdissaient, puis je la vis tout à coup séparée de moi, agenouillée auprès d'un homme que je trouvai affreux: bien coiffé, frisé, rasé de frais, luisant de cosmétique, roide dans son linge empesé, brillant dans son habit noir, irréprochable, et nul comme un zéro: c'était mon gendre.

Il était parfaitement correct: toute sa toilette venait de chez les premiers fournisseurs, sa tenue était celle d'un homme du monde, et pourtant il avait un air que je déteste par-dessus tout: il avait l'air d'un marié! Mais, après tout, il y a des gens qui naissent avec cet air-là, et d'ailleurs je ne pouvais faire autrement que de le trouver intolérable: n'était-ce pas mon gendre? Je jetai un regard à ma belle-mère, qui me répondit de même. Nous nous comprimes, et je lui pardonnai bien des choses; en ce moment-là elle le détestait tout comme moi.

Le jour s'écoula; ces journées-là finissent aussi; on déjeuna chez moi, et, à cinq heures, les époux prirent l'express. Ils allaient passer la lune de miel au château de Lincy, où je devais les rejoindre quinze jours plus tard. A ce moment je fus lâche: pendant que Suzanne, sur le quai de la gare, me tendait son front lisse et enfantin, j'eus envie de me mettre à pleurer, de me cramponner à sa robe comme un enfant malade et de lui dire: «Emmène-moi!»

--On part, messieurs, on part! nous cria l'employé.

Il fallut se reculer; avec de l'argent nous avions obtenu d'aller jusque-là; mais rien ne pouvait plus m'autoriser à suivre ma fille plus loin.

Le sifflet retentit, le train s'ébranla; je vis encore une fois la tête blonde de Suzanne se pencher au dehors... puis plus rien. Madame Gauthier me prit par le bras et me ramena à ma voiture. Notre fidèle Pierre, qui avait les yeux gros comme le poing à force d'avoir pleuré, nous ouvrit la portière quand nous descendîmes, puis s'enfuit dans le sous-sol en étouffant un sanglot dont j'entendis l'écho à la cuisine: la vieille cuisinière pleurait aussi; la bonne de Suzanne, qui restait à son service, était partie en avant le matin, et nous étions tous jaloux d'elle.

Quand nous fûmes dans ce salon, je regardai autour de moi; la vue de ces objets familiers me ramena à moi-même. Je traversai deux pièces, toujours suivi de ma belle-mère; et j'entrai dans la chambre de Suzanne. Chère petite chambre! Elle l'avait voulue bleue, en mémoire de celle où elle était née, où j'avais veillé son berceau jusqu'à ce qu'elle eût sept ans... J'entends la voix de ma belle-mère qui me gourmandait:

--Voyons, mon gendre, ne vous affectez donc pas comme cela! Vous n'êtes qu'une poule mouillée...

Je la regardai hébété, les yeux secs....

--Mais pleurez donc! me dit-elle. J'aimerais mieux vous entendre hurler que de vous voir tranquille comme vous l'êtes!

Je restais toujours immobile. Elle fondit en larmes et se jeta dans mes bras:

--Ah! mon ami, me dit-elle, que nous voilà malheureux! Le monstre qui nous l'a enlevée!

Et pour la première fois de notre vie, nous nous trouvâmes les mains unies, assis à côté l'un de l'autre, en parfaite communauté d'impression.

XVII

Le lendemain j'allai voir mon médecin. Je l'avais beaucoup négligé depuis quelque temps. Il avait assisté au mariage de Suzanne comme les autres et m'avait engagé à lui rendre visite.

--Eh bien! me dit-il en m'apercevant, la santé?

--Je n'en sais rien, lui répondis-je, je ne sais ce que j'ai; Je crois n'être plus de ce monde... les jambes ne vont pas.

Il m'interrogea, m'ausculta, et resta très-pensif.

--Eh bien, je suis perdu? lui dis-je philosophiquement; à présent, d'ailleurs» pour ce qu'il me reste de joies en de monde...

--Non, dit-il, ce n'est pas cela, et voilà précisément ce qui me déroute, on dirait qu'il y a un changement en mieux.

--Oh! par exemple, lui dis-je, vous n'allez pas me faire croire cela?

--Si fait; je ne sais trop à quoi l'attribuer; peut-être m'étais-je trompé alors dans la gravité du pronostic.

Je me levai et je le foudroyai de mon regard.

--Si vous avez fait cela, docteur, m'écriai-je, si vous m'avez fait marier ma fille inutilement, je ne vous le pardonnerai de ma vie!

--Inutilement! répéta le docteur en riant, inutilement est bien joli. Eh! mon Dieu, tant mieux qu'elle soit mariée, la chère enfant! Vous voilà tranquille, et quand vous aurez des petits-fils...

--Vous appelez cela être tranquille, grommelai-je d'un ton bourru.

Mais la perspective des petits-fils me consolait un peu. Cependant les fils de M. de Lincy auraient vraiment besoin d'être aussi ceux de Suzanne pour se faire supporter. Je le dis au docteur qui me rit au nez.

--Oui, oui, dit-il, c'est toujours comme cela, et puis on s'y fait. Tenez, votre belle-mère me disait exactement la même chose il y a vingt-quatre ans, quand elle vous donna sa fille en mariage, et vous voyez pourtant si elle a aimé sa petite-fille!

Comme je rentrais, je croisai sous le vestibule Maurice Vernex qui arrivait de province, et qui venait me rendre visite. Sa figure sympathique était justement une de celles que j'avais besoin de voir; je le fis remonter, et nous nous mîmes à causer.

--Tant pis! me dit-il au bout d'une demi-heure de conversation de plus en plus intime. Je peux bien vous le dire, vous ne me fermerez pas votre maison pour cela, je suppose! Et puis, à qui le dirais-je si ce n'est à vous! Je regrette que vous ayez marié mademoiselle Suzanne! Me voici riche!...--je m'aperçus alors qu'il était en deuil,--et je vous assure que j'aurais été un gendre bien aimable!

Il riait, mais certain mouvement nerveux de sa main sur ses genoux me prouva qu'il ne parlait pas tout à fait à la légère. Je pris cependant la chose comme une plaisanterie.

--J'aurais été charmé de vous avoir pour gendre, lui dis-je, et je regrette fort de n'avoir pas une autre fille; mais j'espère aussi que M. de Lincy sera aussi un gendre aimable, et que ma fille sera heureuse avec lui.

--Dieu le veuille! répliqua-t-il avec une ombre de tristesse. Je le souhaite de tout mon coeur!

Il se leva pour partir, et en tenant sa main loyale dans la mienne, je me pris à regretter qu'il ne fût pas en effet mon gendre à la place de cet irréprochable Lincy que je ne pouvais souffrir.

--Pourquoi êtes-vous parti? dis-je d'un ton qui avait bien l'air d'un reproche.

--Ma vieille tante était malade, répondit-il, et sa réponse ressemblait fort à une excuse. Elle est morte dans mes bras; je suis revenu dès que cela m'a été possible...

--C'était écrit! pensai-je, et je ne suis pas sûr de ne pas l'avoir dit. Venez me voir, continuai-je tout haut, venez dîner avec moi demain: je suis bien seul...

Son visage mâle et franc prit une expression de sympathie qui acheva de me gagner.

--Je vous ferai de la musique, dit-il gaiement. Vous ne l'aimez peut-être pas beaucoup, la musique?

--Oh! si, répondis-je, elle m'en faisait tous les soirs.

--A demain! dit gaiement Maurice Vernex en prenant congé de moi, pour couper court, je crois, à mes doléances.

Il vint en effet, et nous passâmes une soirée charmante; il s'entendait en toutes choses, il connaissait tout le monde, et je n'ai jamais entendu de conversation plus séduisante. Au rebours de la plupart des gens, il savait déguiser la portée du fond sous la frivolité apparente de la forme. Quel aimable garçon, et que j'eusse été heureux de l'avoir toujours à mon foyer!

Pendant cette interminable quinzaine, il vint me voir plus qu'il ne l'avait fait en deux années. C'était, je crois bien, par pitié de ma solitude, que ma belle-mère n'adoucissait qu'imparfaitement. Avec celle-ci, je dois le dire, nous éprouvions un plaisir amer à parler de Suzanne et à médire de son mari. Trois jours après le mariage, j'avais reçu un petit billet de ma fille contenant ces mots:

«Cher père, je me porte bien; le château de Lincy est superbe, mais il pleut à verse depuis notre arrivée. Embrasse grand'mère pour moi. Je t'envoie deux baisers, des meilleurs.

«TA SUZANNE.»

--Il me semble, dit ma belle-mère d'un ton piqué, lorsque je lui communiquai ce petit document, il me semble que votre fille aurait bien pu prendre la peine de m'écrire, à moi aussi.

--Mais, chère mère, fis-je observer avec douceur, vous voyez bien qu'elle me charge de la rappeler à votre souvenir de la façon la plus affectueuse.

--Je vous dis, moi, qu'elle devait m'écrire; du reste, cette négligence ne m'étonne pas; vous l'avez si mal élevée!

Ce reproche m'avait été fait tant de fois que j'y étais devenu indifférent, et ce fut avec une joie secrète que je constatai la préférence de Suzanne pour son père, préférence dont, à vrai dire, je n'avais jamais douté.

XVIII

Il n'est pas de martyre qui ne finisse par avoir Un terme,--si ce n'est peut-être dans l'autre monde.--Mes quinze jours d'exil s'achevèrent, et je partis pour Lincy, le coeur palpitant de joie, d'angoisse et de timidité. De timidité, à quarante-sept ans? Oui, vraiment, et j'achèverai de me rendre ridicule en avouant que mon gendre m'inspirait une terreur insurmontable. En arrivant à la station, si je n'y trouvai ni mon gendre, ni ma fille, je trouvai en revanche une fort belle calèche, avec un fort beau cocher et un magnifique valet de pied, que mon Pierre examina dès l'abord avec une curiosité mal déguisée.

--Comment s'y prend-on, pensait évidemment le pauvre diable, pour être si majestueux rien qu'en fermant une portière?

Comme le superbe valet de pied montait auprès du cocher, je n'avais le choix qu'entre deux alternatives: laisser Pierre faire la route à pied, ou le prendre à côté de moi dans la calèche. Je n'hésitai pas, et mon fidèle valet de chambre s'assit respectueusement sur le bord du coussin, sans lâcher mon sac de voyage.

Les chevaux étaient excellents, la route magnifique. Pierre ne put contenir sa joie:

--Nous allons donc revoir mademoiselle, dit-il d'un air discret et respectueux; puis s'apercevant de sa méprise, il reprit: Madame de Lincy! et resta confus.

--Cela vous fait plaisir? lui dis-je. Moi aussi, j'avais besoin de m'épancher un peu.

--Oh! si monsieur peut penser que ça me fait plaisir! répondit-il en tournant vers moi son honnête figure à laquelle vingt années de concorde domestique m'avaient si bien accoutumé. Mais ce qui ne me plaît pas, ce sont... Il s'arrêta plus confus que jamais.

--Eh bien! fis-je d'un ton encourageant.

Il me désigna du bout de son ongle le magnifique cocher et l'imposant valet de pied:

--Voilà! fit-il avec un soupir. Je crois que j'aurai de la peine à m'y habituer.

Nous entrions dans le parc, par la grille grande ouverte.

--Papa! papa! cria la voix de Suzanne, et je la vis sur le bord de la route qui m'attendait, les yeux noyés de larmes heureuses, les bras pendants dans l'extase de la joie.

La calèche s'arrêta, et je sautai à bas avec la vigueur de ma vingtième année.

L'étreinte qui nous réunit elle et moi me rouvrit le paradis fermé depuis son départ.

--Allons à pied, me dit-elle en se dégageant de mes bras, pendant qu'elle écartait ses cheveux frisés de son front, avec ce même geste qu'elle avait autrefois dans son berceau. Elle regarda machinalement dans la calèche et aperçut Pierre, qui, rouge de contentement, n'osant bouger de sa place, lui souriait d'un sourire large comme le détroit de Gibraltar.

--Ah! Pierre! Bonjour, Pierre, ça va bien! Je suis bien contente de vous voir. Eh bien, mon ami, allez en voiture jusqu'au château, et dites à M. de Lincy que papa et moi nous avons pris le plus court; comme cela, nous arriverons après vous.

Elle éclata de son rire joyeux, me prit le bras et m'entraîna sous le couvert d'une allée, pendant que la noble calèche s'éloignait, voiturant mon valet de chambre avec mon sac.

Nous marchâmes pendant un moment, Suzanne et moi; elle, pressée de toute sa force contre mon bras, moi, engourdi par l'excès de ma joie. Au bout d'une vingtaine de pas je m'arrêtai et je la repris dans mes bras avec plus de force encore que la première fois. Elle me rendit mes baisers comme auparavant, j'aurais pu croire que rien n'était changé, et cependant je sentais qu'elle n'était plus la même.

--Eh bien? lui dis-je en contemplant son cher visage, toujours lumineux et doux, mais légèrement pâli.

--Rien, dit-elle en souriant.

Et nous reprîmes notre marche.

--C'est très-joli ici, reprit-elle au bout d'un instant,--quand il ne pleut pas, s'entend. Mon Dieu! qu'il a plu pendant la première semaine! Je n'avais jamais vu tomber tant d'eau!

La question qui me brûlait les lèvres finit par sortir:

--Es-tu heureuse?

--Mais oui! répondit-elle tranquillement,-- trop tranquillement peut-être.

--Et ton mari?

--Mon mari est très-aimable. Seulement tantôt il m'a vexée. Je voulais aller à ta rencontre, à la station...

--Eh bien?

--Il n'a pas voulu, il déteste les épanchements de famille en public, m'a-t-il dit; au fond, il a peut-être raison,--mais j'étais vexée et je suis venue à ta rencontre dans le parc. Faisons l'école buissonnière!

Cette proposition était trop de mon goût pour ne pas être acceptée, et nous voilà vagabondant tous deux dans le parc, vraiment fort beau, que Suzanne connaissait déjà par coeur. Je cherchai à obtenir quelques indications sur le genre de vie de Suzanne, sur ses impressions, sur l'opinion qu'elle avait de son mari; j'échouai; ma fille, si franche, si ouverte, s'était fait une sorte de forteresse derrière laquelle elle se retranchait à certaines questions; je vis que, pour le moment au moins, je n'en obtiendrais rien.

Nous causions pourtant à coeur ouvert de Paris, de nos amis, de ma belle-mère, et Suzanne riait aux larmes de la jalousie si innocemment provoquée par son petit billet, lorsque non loin du château, dans le parterre français, nous vîmes arriver M. de Lincy.

--Je vous cherchais partout, cher beau-père, dit-il avec une gaieté forcée qui cachait mal une mauvaise humeur non équivoque. En voyant arriver la calèche avec votre domestique seul, j'avais crains un accident.

--Vous étiez là quand Pierre est arrivé? dit Suzanne sans quitter mon bras.

--Sans doute, ma chère.

--Sur le perron?

--Naturellement, j'étais venu saluer mon père, non sans vous avoir vainement cherchée partout.

--Eh bien! dit-elle avec sa grâce mutine, c'est papa qui m'a trouvée, et il ne me cherchait pas, lui! De sorte que c'est Pierre qui a reçu vos salutations? Mon Dieu, que vous avez dû être drôles tous les deux quand vous vous êtes trouvés nez à nez!

Et ma fille éclata de rire; ce rire perlé, si doux et si communicatif, ne dérida pas M. de Lincy, qui n'en parut, au contraire, que plus soucieux.

Nous nous dirigeâmes tous trois vers la maison, silencieux, car Suzanne ne riait plus et n'avait plus l'air de vouloir recommencer de longtemps. Je pensai à part moi que mon gendre était quinteux.

Le déjeuner nous attendait, servi avec magnificence: tout était magnifique dans cette maison, le propriétaire plus que tout le reste. Suzanne, chose étrange, n'avait point chez elle cet air de jeune matrone qui la rendait si drôle et si charmante quand elle présidait chez nous aux repas de famille. Elle mangeait du bout des dents, mettait beaucoup d'eau dans son vin et se conduisait, en un mot, comme une demoiselle bien élevée qui dîne en ville.

Comme on servait un plat:

--Encore ces maudits oeufs brouillés aux pointes d'asperges! s'écria mon gendre. Je ne puis les souffrir, vous le savez, Suzanne! J'avais défendu qu'on en resservît jamais à ma table!

--C'est le plat favori de mon père, dit doucement ma fille en dirigeant du regard le domestique vers moi.

J'avoue que ces oeufs me parurent d'une digestion difficile, car mon gendre, après avoir murmuré poliment à voix basse:--C'est différent! avait repoussé le plat avec dédain. Suzanne, les yeux gros de larmes, me paraissait n'avoir plus envie de manger du tout, et je trouvai que je faisais sotte figure. Je dépêchai cependant de mon mieux ce mets malencontreux, et le repas s'acheva sans autre désagrément.

On prit le café sur la terrasse; pendant que M. de Lincy donnait des ordres à son jardinier, je me rapprochai de Suzanne:

--Est-il souvent comme cela? lui demandai-je à voix basse.

Elle haussa les épaules, plongea son regard honnête dans le mien, me pressa simplement la main, détourna la tête et me répondit:

--Non.

Mon gendre resta entre nous jusqu'au soir, et si peu content que je fusse de me séparer de Suzanne, même pour une seule nuit, je ne pus retenir un soupir de satisfaction, lorsque je lui eus tourné le dos pour aller me coucher.

J'étais dans ma chambre depuis cinq minutes, et je méditais assez tristement, lorsque Suzanne entra sur la pointe du pied. Elle était encore tout habillée, et, un incarnat plus foncé que de coutume nuançait le haut de ses joues.

--Je suis venue t'embrasser encore une fois, mon petit père, me dit-elle tout bas. Es-tu bien? as-tu tout ce qu'il te faut?

--Oui, oui. Assieds-toi un peu, et causons.

--Oh! non! je ne peux pas. Il ne faut pas que je fasse attendre mon mari. Je me suis sauvée en cachette, il fait sa ronde tous les soirs et ferme les portes, et il n'aime pas à attendre.

Elle me jeta les bras autour du cou et disparut.

Je me couchai dans un grand lit qui avait l'air d'un catafalque, et je cherchai à résumer mes impressions de la journée.

--Il y a beaucoup de choses que mon gendre n'aime pas, me dis-je enfin; et moi, ajoutai-je avec la franchise d'un aveu assez longtemps réprimé, je n'aime pas du tout mon gendre!

Ce n'est pas cette réflexion-là qui pouvait me procurer le sommeil; aussi je ne dormis guère.

XIX

Le lendemain se trouvait être un dimanche. Je descendis un peu tard, car je me sentais très-las de mon sommeil interrompu, et à ma grande surprise, je trouvai Suzanne tout habillée, le chapeau sur la tête, gantée de peau de Suède, qui m'attendait devant le plateau de café.

--Tu vas sortir? lui dis-je, après l'avoir embrassée; où peux-tu aller de si bonne heure?

Elle regarda l'horloge qui marquait dix heures moins un quart, et en me servant à la hâte une tasse de café:

--A la messe, répondit-elle; tu viens aussi?

--Ma foi, répondis-je, pourquoi pas?

Mon gendre qui entrait en ce moment-là, toujours irréprochable, vêtu de frais, en drap d'été gris-perle, leva sur moi des yeux plus surpris que satisfaits.

--Eh bien, ma chère, dit-il, êtes-vous prête?

Suzanne m'indiqua d'un geste à peine ébauché.

M. de Lincy sourit avec grâce:

--Mon beau-père est ici chez lui, dit-il, et Dieu ne doit pas attendre.

Sur cette phrase majestueuse, il sortit; Suzanne avec un geste inquiet et indécis me jeta un baiser du bout des doigts,--j'avalai ma tasse de café d'un coup, au risque d'étouffer, et je la suivis.

Le magnifique valet de pied se mit derrière nous, portant un sac que je pris d'abord pour un sac de voyage: je rougis de ma méprise lorsque, arrivé à l'église, je le vis en tirer des livres d'heures, qu'il offrit à chacun de nous.

Mon gendre faisait très-bon effet dans son banc seigneurial, et vraiment je regrettai qu'il ne fût pas en bois sculpté, comme les têtes d'abbés crossés et mitrés qui ornaient les stalles du choeur. L'ancienne chapelle de l'abbaye faisait très-bon effet aussi, comme église de paroisse. Tout y était superbe, magnifique, irréprochable... Suzanne était bien partout, avec sa grâce juvénile et sa distinction native; seul, je faisais tache dans cet ensemble parfait, où le peuple endimanché, groupé dans les bancs d'une manière pittoresque, semblait amené tout exprès par la nécessité de faire un fond à ce tableau, de meubler cette jolie chapelle.

Le curé fit un sermon, ni bon ni mauvais;--je l'écoutai avec une attention qui pouvait passer pour du recueillement; Suzanne, moins vaillante, laissa doucement tomber sa jolie tête sur son sein, dans une attitude qui ressemblait moins à la méditation qu'au sommeil...

J'aurais respecté ce repos salutaire jusqu'à la fin,--mais mon gendre, par une secousse discrète imprimée à la robe de sa femme, la tira de son engourdissement. La pauvre petite fit un brusque mouvement, rougit, sourit, se frotta un oeil du bout de l'index, se redressa et prit un air de grand recueillement. Les deux enfants de choeur sourirent,--mon gendre avait un air pincé pour lequel je l'aurais battu d'abord, et qui ensuite m'inspira une certaine envie de me moquer de lui..., mais je n'en eus garde.

Tout finit cependant. A la sortie, Suzanne exerça très-gentiment ses devoirs de dame châtelaine; elle interrogea les mères, tapota la joue des enfants, glissa quelque aumône dans la main des vieillards, puis nous reprîmes la route du château, toujours suivis par le domestique chargé des livres d'heures.

Mon gendre était resté en arrière et causait avec les paysans.

--Est-ce ainsi tous les dimanches? demandai-je tout bas à Suzanne, qui passa son bras sous le mien avec sa câlinerie de jeune fille.

--Oui, répondit-elle, M. de Lincy tient à ce que nous assistions à l'office pour donner le bon exemple.

La drôlerie d'instinct, qui ne pouvait la quitter longtemps, glissa un éclair de malice dans ses yeux, et elle rit un peu.

--Cela t'amuse? lui dis-je, heureux de la voir gaie.

--Oui et non, dit-elle. Par exemple, le sermon m'endort infailliblement, et M. de Lincy n'aime pas ça...

--Tant pis pour lui, m'écriai-je. Il m'ennuie, à la fin! Que le diable...

Suzanne me pressa doucement le bras:

--Père, dit-elle, c'est mon mari.

Sa voix avait pris un timbre grave, son jeune visage s'était revêtu tout à coup d'une noblesse bien au-dessus de ses années. Je la regardai surpris et je me tus.

--C'est mon mari, reprit-elle; il n'est pas parfait, mais tel qu'il est... c'est mon mari, enfin, dit-elle pour la troisième fois.

Je sentis le feu d'une rage intérieure parcourir tout mon être. Ce butor était son mari, grâce à moi! Un homme qui faisait le magister et qui parlait en maître à ma Suzanne, après quinze jours de mariage!

Il nous rejoignit, et commença à me parler d'un ton si aimable que j'eus plus que jamais envie de l'étrangler. Mais il fallut lui répondre poliment, car Suzanne l'avait dit: c'était son mari.

Au bout de huit jours de cette existence, j'en avais assez. Mon séjour à Lincy n'avait jamais dû avoir de durée bien déterminée; je prétextai des affaires, j'alléguai des lettres qui réclamaient ma présence à Paris, et je dis à Pierre de faire mes malles. Le brave garçon m'obéit avec un empressement qui me prouva que le séjour du château ne lui agréait pas plus qu'à moi.

--Tu veux donc t'en aller, père? me dit Suzanne avec tristesse, le jour que j'annonçai mon départ.

--Écoute, mon enfant, lui dis-je, je crois qu'il est encore trop tôt; votre mariage est trop récent pour que je ne me sente pas de trop entre vous... Le temps aidant, tout s'arrangera...; M. de Lincy a des façons de parler et d'agir auxquelles je ne puis m'habituer tout d'un coup... Tu es ma fille, je t'ai adorée. Je ne puis supporter de t'entendre gourmander par un homme... C'est ton mari! Soit. La femme doit obéissance et soumission! Soit encore; mais le père ne peut pas voir ces choses avec plaisir... Je m'y ferai plus tard, peut-être!

Suzanne, qui avait baissé la tête aux premiers mots de ce discours passablement diffus, la releva et me regarda droit dans les yeux:

--Père, me dit-elle, ne va pas t'imaginer des choses qui ne sont pas; malgré ce que tu as pu supposer, tout va bien ici; tes peines n'ont pas été perdues, cher père, tu as voulu que je sois heureuse, et je suis heureuse.

Elle parlait d'une voix vibrante et passionnée qui me saisit. M'étais-je trompé? Aimait-elle son mari? Les formes déplaisantes que M. de Lincy déployait à son égard n'étaient-elles qu'un trompe-l'oeil destiné à voiler aux yeux étrangers les joies intimes et l'entente parfaite de l'amour partagé? Je ne pouvais le supposer, et pourtant Suzanne était là, transfigurée, vaillante, rayonnante, prête, on l'eût dit, à défendre sa cause au prix de sa vie...

--Tu sais, ma fille, lui dis-je, que je n'ai eu qu'un rêve, qu'un but dans la vie: ton bonheur. Si je savais que j'ai contribué, au contraire, à te rendre malheureuse; si je pensais que ma bêtise, ma maladresse ou ma faiblesse ont empoisonné pour toi la source des joies, je suis encore assez vaillant pour réparer ma faute, assez courageux pour m'en punir.... Dussé-je mourir à la peine, si cet homme se conduit mal envers toi, je te vengerai!

--Père, me dit ma Suzanne, toujours souriante et radieuse, sois en paix, tu as accompli ton oeuvre, et, comme tu l'as voulu, je suis heureuse.

Avec quelle ferveur je couvris de baisers son front blanc, ses beaux cheveux'et ses yeux purs! Ah! la loi l'avait donnée à cet homme, mais c'était un mensonge: elle était toujours ma fille, et je sentis, à l'étreinte de ses bras autour de mon cou, qu'elle était ma fille plus que jamais.

Nous n'avions plus envie de nous parler; une entente muette s'était établie entre nous; jusqu'au moment du départ, nos yeux seuls échangèrent des tendresses. Mon gendre, qui avait fait pour me retenir toutes les instances qu'un gendre bien élevé doit à son beau-père, me reconduisit en break jusqu'à la station. Suzanne avait préféré me dire adieu chez elle, loin des yeux curieux,--et loin de son mari, je dois le dire.

--Vous allez à Paris? me dit mon gendre eu me serrant la main, au moment où le train approchait.

--Oui, et de là chez moi... Nous nous reverrons en octobre.

--Au revoir, me dit-il.

Et je montai en wagon. Ni lui ni moi n'en avions parlé, mais nous avions très-bien compris l'un et l'autre qu'il ne pouvait être question de vivre sous le même toit.

Cependant j'avais tellement besoin de la présence de ma fille que, pour l'avoir chez moi, pour la rencontrer dans l'escalier, pour entendre son pas léger au-dessus de ma tête, non-seulement j'eusse toléré mon gendre, mais j'eusse été un beau-père modèle. Malgré ce désir ardent, je ne voulus point réclamer l'exécution de sa promesse, et j'appris au bout de quinze jours qu'il faisait meubler un appartement du côté des Ternes, le plus loin possible de moi, dans un même rayon.

--Il a parfaitement raison, me dis-je; s'il m'aime autant que je le chéris, nous ne serons jamais assez loin de l'autre.

Mon coeur se serra,--ce n'était ni la première ni la dernière fois, et je commençais à m'accoutumer à ces émotions qui, d'abord, avaient failli me tuer.

XX

Je passai quelques jours à ma maison de campagne, mais sans Suzanne rien n'avait d'attrait pour moi. Ma belle-mère vint m'y rejoindre, et nous trouvâmes un plaisir extraordinaire à dire du mal de M. de Lincy. Elle aussi avait été voir sa petite-fille, et le château ne lui avait pas semblé plus sympathique qu'à moi. Cependant les choses qui m'avaient déplu n'étaient pas celles qui l'avaient frappée: l'étalage de piété n'avait rien eu pour elle de remarquable, et quand je lui en parlai, elle me rit au nez.

--Que voulez-vous! me dit-elle, tout le monde ne peut pas aimer le bon Dieu, comme moi, à la bonne franquette! Il est des gens qui ne peuvent faire leur prière qu'en habits du dimanche. Mais, le monstre, comme il gronde Suzanne! Une enfant parfaite! Malgré le soin que vous avez employé à faire son éducation, mon gendre, vous n'êtes pas parvenu à la gâter!

Nous avions beau faire, madame Gauthier et moi, ni le whist avec un mort, que nous organisions à l'aide de notre médecin de village, ni le bésigue à nous deux, ni les promenades, ni quoi que ce soit, ne pouvait combler le vide qui semblait au contraire se creuser de plus en plus autour de nous. Elle s'en alla à Trouville pour prendre son content de bruit, me dit-elle.--Et moi, resté seul, piteux et ennuyé, j'avais presque envie de partir pour les Pyrénées, lorsqu'une idée me vint: la vendange et la cousine Lisbeth! J'étais sauvé! Pierre et moi nous fîmes une malle en grande hâte, et nous voilà partis pour le Mâconnais.

Lisbeth ne m'attendait guère: il y avait à peu près quinze ans que je lui avais promis ma visite. Lorsque j'arrivai au seuil de sa maison, vaste et commode, quoique peu élégante, elle se leva, mit sa main en abat-jour sur ses yeux vieillis, que ne quittaient plus les fameuses lunettes, et resta indécise.

--Cousine Lisbeth, lui dis-je, vous souvenez-vous de votre voyage à Paris?

--Ah! mon Dieu! s'écria-t-elle en courant à moi, que vous êtes changé, cousin! je ne vous reconnaissais pas!

Et cherchant du regard derrière moi:

--Où donc est la petite? fit-elle.

--Hélas! cousine, la petite est grande; elle est mariée!

--Mariée! Doux Jésus! Il me semble la voir encore avec sa langouste... Mariée! et je n'en ai rien su!

On l'avait oubliée dans l'envoi des lettres de faire part! Mais elle avait un caractère si heureux, qu'elle n'eut pas même l'idée de s'en formaliser. Elle convoqua aussitôt sa maisonnée, et je vis arriver de vieilles servantes, roses et ridées comme des pommes de terre qui ont passé l'hiver sur la paille. Au bout d'un moment, le feu flambait dans l'âtre, mon repas rissolait dans une grande poêle, et le cru célèbre de l'endroit, pris au meilleur tonneau du cellier, baignait les bords d'un vase de terre semblable à une amphore.

--Excusez, cousin, me dit Lisbeth, qui activait le service en payant de sa personne, nous mangeons dans la cuisine, mais dès ce soir on vous servira dans la salle; ce n'est qu'en attendant.

J'aurais été bien fâché de ne pas manger dans la cuisine! Quelle cuisine! Haute, voûtée, peinte à la chaux tous les six mois, avec un dallage superbe de pierres du pays, elle faisait penser aux peintres flamands. Le gros chaudron de Téniers trônait magistralement sur le manteau de la cheminée, en compagnie de plusieurs autres, moins imposants; toute la batterie de cuisine étincelait, on voyait là les preuves irrécusables de l'ordre et de l'économie de plusieurs générations.

--On va vous coucher dans la chambre jaune, me dit Lisbeth en m'apportant un plat fumant et savoureux; c'est celle qui a la plus belle vue, et puis elle est au soleil levant... mais si vous aimez mieux la chambre bleue, qui est au soleil couchant?

Je rougis intérieurement du plus beau cramoisi en comparant cet accueil hospitalier avec celui que j'avais fait à Lisbeth lors de son voyage. Je la croyais moins riche aussi; son châle jaune et son ridicule à glands ne pouvaient me donner la mesure de ce bien-être de province où les capitaux sont représentés par des terres, des tonneaux de vin, des armoires pleines de linge, de laine, de lin, bien plus que par des pièces de cent sous.

--Cousine Lisbeth, lui dis-je en lui prenant les deux mains, vous êtes une vraie femme, vous!

--La bête au bon Dieu, fit-elle en riant, c'est comme ça qu'ils m'appellent dans le pays, parce que, sans être méchante, je n'ai pas plus d'esprit qu'il ne m'en faut.

Je fus touché de cette humble douceur.

--Vous êtes seule ici? lui dis-je; mes souvenirs me rappelaient une famille nombreuse?

--Ils sont tous partis, répondit-elle avec un soupir, les uns pour l'armée, les autres pour le cimetière; j'avais une belle-soeur veuve qui était morte en me laissant deux enfants,--la coqueluche les a emportés tous les deux la même semaine, il y a dix-huit mois... Depuis, je suis restée toute seule ici... Vous allez bien rester un mois, dites, cousin, pour ne pas dire plus?

--Eh-bien, oui! m'écriai-je, je resterai avec vous, cousine, et j'y serai mieux que là-bas!

Je lui racontai alors le mariage de Suzanne et ma visite au château de Lincy, et l'aversion que m'inspirait mon gendre, et tout ce qui s'ensuivait; il me semblait causer avec une vieille amie; Lisbeth m'écoutait de toute son âme, hochant la tête aux endroits pathétiques... Jamais, sauf chez ma fille, je n'avais trouvé tant de sympathie.

--La pauvre petite! soupira Lisbeth, si son mari n'est pas bon, elle sera bien à plaindre... Mais chez vous autres gens riches, quand on ne s'aime pas, c'est moins terrible que chez nous, parce que chacun peut vivre à son idée; si elle s'ennuie, cette petite, elle viendra vous voir souvent; son mari sera occupé de son côté. Qu'est-ce qu'il fait, votre gendre?

--Hélas! cousine, il ne fait rien! Elle soupira une fois de plus.

--Eh bien! reprit-elle, il y a les enfants. C'est si bon les enfants, on n'a pas le temps de penser à autre chose, allez! C'est bien triste ici, depuis que je n'en ai plus!

Cette humble vieille fille me raconta son histoire, et je compris alors ce qui l'avait poussée à venir me trouver à Paris jadis. Le dévouement faisait partie de sa vie, comme le pain et l'eau. Habituée à soigner les autres, à chercher autour d'elle ce qu'elle pourrait bien faire d'utile, elle s'était dit en pensant à mon malheur: Voilà un veuf qui doit être, bien embarrassé, allons à son secours!

Je m'efforçai de pallier ce que ma conduite d'alors avait eu d'inhumain, de brutal: elle ne s'en était pas même aperçue. A peine revenue au logis, elle s'était vu d'autres soucis sur les bras; la vieille mère était morte, un frère s'était marié, puis il était mort à son tour, enfin elle avait soigné, consolé et enterré toute sa famille. Seule, dernière de cette branche, elle avait hérité de tout, et n'en était pas plus contente.

--A quoi bon? me dit-elle en terminant son récit, je n'ai personne à qui le laisser! Heureusement, il y a les pauvres!

Le dimanche venu, elle ne m'emmena point à la messe. Je m'étais levé de bonne heure, afin de ne rien changer à ses habitudes; mais quand je descendis, elle était déjà revenue.

--Je vais à l'office de six heures, me dit-elle, comme ça je puis envoyer mes servantes à la grand'messe. Cela leur fait tant de plaisir! Et pour moi, je crois bien que le bon Dieu ne m'en gardera pas rancune!

Humble femme! douce et généreuse nature! je trouvai dans mon séjour auprès d'elle des ressources, des consolations que je n'avais jamais connues. Elle m'apprit combien une âme simple peut être grande, lorsque--de quelque nom qu'elle le nomme--elle a mis le devoir au-dessus de toutes choses.

Quand je la quittai, elle me fit promettre de revenir.

--Amenez la petite, me dit-elle, car Suzanne était restée la petite pour elle;--je ne vous dis pas d'amener votre gendre, il n'aimerait peut-être pas notre genre de vie,--mais si une fois il va en voyage, venez avec Suzanne.

Je le lui promis, et je retournai chez moi plus calme que je n'aurais cru pouvoir l'être six semaines auparavant.

XXI

Le mois d'octobre vint; Suzanne m'avait écrit tous les quinze jours des lettres officielles qui évoquaient devant moi l'image de mon gendre, fièrement campé sur ses jarrets et lisant d'un air doctoral les lignes tracées par sa femme. J'avais appris par ces lettres que la campagne était superbe, le temps très-doux, la vendange fort amusante,--et c'était tout.

Un soir, je me chauffais les pieds au feu,--ce premier feu d'automne si charmant quand on est deux à le regarder, si triste quand on est tout seul, à moins qu'on ne soit un vieux garçon égoïste,--et je me faisais de la morale:

--Comment, me disais-je, te voilà devenu vieux, tu as passé l'âge des rêveries sentimentales, et tu te reprends à remonter vers le passé, à regretter l'année dernière, où ta fille était là té faisant la lecture... Avais-tu rêvé, vieil égoïste que tu es, que Suzanne serait toujours là pour te fermer les yeux et rester fille, isolée dans la vie? Non! Eh bien, que te faut-il?

Mais ma morale ne servait pas à grand'chose, et mes yeux d'incorrigible rêveur, devenus humides, persistaient à revoir, au lieu des bûches charbonnant dans le foyer, certain tapis bleu et blanc où Suzanne enfant avait écrasé maintes grappes de raisin, où les pieds pourtant si mignons de ma femme avaient usé un chemin de son lit au berceau...

J'avais rêvé de ma vieillesse autrefois, quand Marie et moi, serrés l'un contre l'autre sur la petite causeuse étroite, nous parlions bas afin de ne pas réveiller Suzanne endormie; j'avais rêvé que je vieillirais,--mais pas seul! Je m'étais dit que ma noble femme et moi, toujours serrés l'un contre l'autre, nous arriverions à cette heure redoutable où l'enfant s'en va du foyer, où les cheveux blancs viennent encadrer les rides,-- et j'avais pensé qu'alors nous serions heureux, --oui, heureux, plus heureux qu'aux temps troublés de la jeunesse; j'avais considéré la vieillesse comme le couronnement d'une existence remplie de labeurs utiles, comme le dénouement splendide et serein du drame de la vie... Mais j'avais toujours rêvé ma femme à mon côté.

Toute l'amertume de la séparation d'alors remonta de mon coeur à mes yeux; je revis le bouquet de lilas blanc posé par ma fille enfant sur le sein de sa mère endormie à jamais... Je me rappelai le mot «heureuse», dernier cri arraché par l'angoisse maternelle h cette poitrine haletante... Était-elle heureuse, Suzanne? Avais-je accompli le voeu de ma femme? Hélas! je ne pouvais répondre que par un doute cruel.

--Pardonne-moi, murmurai-je h la chère ombre évoquée par moi. Pardonne-moi; je croyais bien faire!

Un rire qui ressemblait à un sanglot me fit lever la tête; j'entendis un bruit confus, la porte de mon cabinet s'ouvrit toute grande, et une forme féminine parut dans l'écartement des rideaux.

--Papa! cria faiblement la voix de Suzanne, elle franchit d'un bond l'espace qui nous séparait et tomba sur mon cou, riant et pleurant.

J'entrevis Pierre qui s'essuyait les yeux du dos de la main et qui refermait discrètement la porte.

--Papa! cria Suzanne d'une voix étouffée par l'émotion. Tout droit du chemin de fer! Voilà!

Elle me couvrit de baisers et reprit sans s'interrompre:

--Oh! le vilain père! il est affreux! Il a des cheveux blancs! Tu t'es donc fait teindre? Tiens, regarde comme tu es laid!

Elle tournait ma tête vers la glace, et je m'aperçus alors que j'avais blanchi depuis l'époque de son mariage.

--Ça ne fait rien, reprit-elle sans me laisser le temps de parler, tu es beau tout de même, je t'aime comme ça.

Elle sourit, me regarda, passa ses doigts mignons dans mes cheveux blancs et fondit en larmes, en cachant sa tête blonde dans mon cou.

Je la pris par la taille et je voulus la faire asseoir. Elle se releva d'un bond, arracha son chapeau, qu'elle jeta à l'extrémité du cabinet, et se laissa tomber dans un fauteuil, riant, pleurant et me prenant à tout moment la figure entre les deux mains pour me regarder à son aise.

--Ah! soupira-t-elle quand elle m'eut bien vu, que j'avais envie de te revoir!

Et moi donc! mais je n'osais le lui dire

--Ton mari? demandai-je enfin, me ressouvenant de l'existence de cet être désagréable.

--Il va venir, dit-elle en reprenant soudain un air sérieux. Il est allé voir si tout est prêt à l'hôtel.

--L'hôtel! quel hôtel? fis-je effaré.

--Le nôtre. Ah! oui, tu ne sais pas, il a loué un hôtel avenue d'Eylau, au bout du monde.

Elle se tut, triste d'avoir à m'apprendre cette nouvelle.

--Je savais, lui dis-je avec douceur, que tu ne demeurerais pas ici; je crois que cela vaut mieux.

Elle me lança un regard; ce regard voulait dire tant de choses que j'en fus saisi. Il y avait là du regret, de la résignation, de la fermeté, de la compassion, et même un grain de mépris, --mais celui-ci n'était pas pour moi. Où ma Suzanne avait-elle pris ces yeux-là? J'eus envie de dire des choses désagréables à mon gendre, mais cette émotion me laissa froid; je l'avais éprouvée tant de fois déjà!

--Alors, il va venir te chercher ici? dis-je pour changer le cours de la conversation.

--Oui, répondit-elle d'un air distrait. Et grand'mère, comment va-t-elle? Surtout, ne va pas lui dire que je suis venue ce soir, elle nous mangerait! Ce sera un secret à nous deux.

La porte s'ouvrit encore et laissa passer mon gendre, annoncé par Pierre avec tout le décorum dû à un si noble personnage. Il me serra la main, s'informa de ma santé et dit à Suzanne qu'il était temps de partir. Celle-ci alla chercher son chapeau qui était resté par terre, le remit sur sa tête de l'air le plus posé, et tira ses gants sur son poignet. Mon gendre alors prit congé de moi, je les invitai tous deux à dîner pour le lendemain, ils acceptèrent, et se dirigèrent vers la porte.

M. de Lincy disparut le premier; Suzanne, restée derrière lui, revint en hâte sur ses pas, m'embrassa à m'étouffer, et courut vers la porte; au moment de disparaître, elle se retourna avec un joli mouvement d'épaules, et m'indiquant son mari d'un geste imperceptible:

--Croquemitaine! murmura-t-elle; ses yeux et son sourire soulignèrent ce mot avec une drôlerie inimitable qui me rappela son enfance, et elle disparut.

Tout cela avait été fait si vite que je n'avais pas même eu le temps de rire. La porte se referma; je retournai à mon fauteuil, et je trouvai le petit mouchoir de Suzanne sur le tapis.

--Vieux troubadour! n'as-tu pas de honte? me dis-je à moi-même, pour réprimer un irrésistible désir de porter le mouchoir à mes lèvres... Je ne pus y tenir, et cachant mon visage dans la batiste, je sentis tout à coup mes yeux déborder de larmes,--je crois que c'étaient des larmes de joie.

Un bruit me fit reprendre ma dignité: Pierre s'était glissé dans le cabinet, et, la main sur le bouton de la porte, il toussait discrètement pour m'avertir de sa présence.

--Qu'y a-t-il? lui dis-je en affectant une grande liberté d'esprit.

--Rien, monsieur, c'est-à-dire, mademoiselle est revenue... madame, veux-je dire... Ah! monsieur, je suis bien content!

Et voilà mon Pierre qui se met à chercher son mouchoir dans sa poche en reniflant d'une façon fort émouvante.

--Je demande pardon à monsieur, reprit-il quand il eut trouvé cet objet à carreaux et qu'il se fut mouché, mais ça me fait un drôle d'effet de voir mademoiselle...

--Vous n'êtes qu'une bête, mon ami, répondis-je à mon vieux serviteur.

Mais Pierre, au lieu de paraître offensé, me regardait avec des yeux rayonnants. Je crus le revoir sur l'échelle du pressoir, le jour mémorable des toiles d'araignée.

--C'est bien, c'est bien, lui dis-je d'une voix que je voulais rendre ferme.

L'imbécile continuait à me regarder, et de grosses larmes roulaient sur les revers de sa livrée. Tout à coup je portai le petit mouchoir de Suzanne à mes yeux, il n'était que temps.

Je tendis la main à mon fidèle valet de chambre et j'allai me coucher.

Jamais je ne fus mieux servi que ce soir-là.

XXII

Le lendemain, je déjeunais, toujours seul, mais moins triste, car je savais que je verrais ma fille le soir même, lorsque la vieille bonne de Suzanne se faufila modestement dans la salle à manger.

--Ah! c'est vous, Félicie, lui dis-je, je suis enchanté de vous voir. Nous allons donc parler un peu de madame?...

Elle me regardait d'un air si maussade que je ne terminai pas ma phrase.

--Monsieur peut se vanter d'avoir fait là un beau coup! me dit-elle d'un ton grognon.

--Quel coup, ma bonne? fis-je inquiet.

--En mariant notre pauvre ange de Suzanne avec ce monsieur-là! Ah! monsieur peut se dire qu'il n'a pas eu la main heureuse!

--Qu'y a-t-il donc, Félicie? Au lieu de me faire des reproches, parlez franchement, cela vaudra mieux, allez!

--Eh bien, monsieur, voilà ce que c'est. M. de Lincy m'a donné mes huit jours!

Je restai stupéfait. Félicie avait vu naître Suzanne, elle avait alors quarante ans;--la renvoyer à cette heure, c'était briser le reste de son existence.

--Cela ne se peut pas, fis-je machinalement, vous vous êtes trompée.

--Ah bien oui! Il m'a dit ce matin que je ne connaissais pas le service comme on le fait maintenant, et que madame avait besoin d'une jeune femme de chambre pour lui faire ses robes...

--Une jeune femme de chambre ne vous aurait pas empêchée de rester...

--Monsieur ne comprend donc pas que c'est un prétexte? M. de Lincy ne veut pas de moi parce que madame n'est pas heureuse et que je lui en ai fait l'observation...

--Ah! ma bonne, lui dis-je, si vous lui avez fait des observations, je ne m'étonne plus!...

--Eh bien, quoi? Il fallait le laisser faire, sans lui rien dire peut-être? Un brutal, qui ne connaît pas la différence entre une âme du bon Dieu et un chien? qui a causé une telle frayeur à madame dès le soir de ses noces, que jusqu'à présent, la nuit, quand elle entend son pas, elle se met à trembler comme la feuille?

--Que s'est-il donc passé? dis-je en serrant le manche de mon couteau jusqu'à me faire mal aux doigts. Je n'avais plus envie de manger.

--Je n'en sais rien; toujours est-il que, le lendemain, madame m'a gardée près d'elle après qu'elle avait fait sa toilette de nuit, et lorsqu'on a entendu le pas de monsieur dans le corridor, voilà madame qui est devenue blanche comme un linge. Elle m'a prise par le bras, et m'a dit tout bas: «Ne me quitte pas, Félicie!» Elle tremblait si fort que j'ai cru qu'elle avait la fièvre. Monsieur est entré et m'a dit de m'en aller... Il fallait bien obéir. Depuis, tous les soirs, c'est la même chose: c'est nerveux, quoi! Faut-il que ce soit un manant pour l'avoir effrayée comme cela!

Je restai consterné.

--Pourquoi ne pas me l'avoir dit plus tôt? repris-je après un moment de réflexion.

Félicie haussa les épaules.

--A quoi cela vous aurait-il servi? me dit-elle.

Je n'avais rien à répondre.

--De sorte que me voilà sur le pavé, à mon âge! continua la vieille bonne. Si c'est là ce que j'attendais!...

--Vous savez très-bien que vous n'êtes pas sur le pavé, Félicie, ne dites pas de bêtises; vous rentrez ici, voilà tout. Je tâcherai de faire entendre raison à mon gendre.

Elle haussa les épaules encore une fois. Était-ce à mon adresse ou à celle de M. de Lincy? Je ne pus le savoir.

Ce même jour, quand ils vinrent tous les deux, j'envoyai Suzanne dans ma chambre où elle trouva sa vieille bonne, et je retins mon gendre.

--J'ai vu Félicie, lui dis-je, elle est au désespoir; elle avait élevé Suzanne, vous le savez...

--Elle donnait de mauvais conseils à ma femme, et elle voulait me régenter: à mon grand regret, j'ai dû la renvoyer; vous comprenez, mon cher beau-père, qu'on ne puisse tolérer un ennemi domestique dans sa propre maison... Quittons; je vous en prie, ce sujet désagréable.

--Mais, mon gendre, dis-je avec quelque impatience, si cette femme est attachée à Suzanne. Suzanne lui est également attachée, et vous comprendrez à votre tour que ce changement lui cause un chagrin véritable...

--Votre fille, interrompit M. de Lincy avec un sourire et un air de supériorité sans égale, a assez d'esprit pour se rendre compte de l'état réel des choses. Un sage proverbe dit qu'entre l'arbre et l'écorce il ne faut pas mettre le doigt. Félicie a pu reconnaître à ses dépens la justesse de cette maxime. Je suis résolu à maintenir mon autorité chez moi, par tous les moyens.

Je le regardai bien en face pour voir si ce discours s'adressait à moi; il me fut impossible de rencontrer ses yeux, qui se promenaient avec complaisance sur les tableaux et les bronzes du salon.

--Vous avez un bien joli Van Goyen, me dit-il avec la plus grande aisance. L'avez-vous payé cher?

Suzanne rentra bien à propos pour me dispenser de répondre. Elle passa son bras sous le mien et m'emmena sur un canapé où nous restâmes silencieux,--sa main dans ma main. Mon gendre fit la conversation tout seul jusqu'à l'arrivée de ma belle-mère, qu'il accapara pour le reste de la soirée. Ils partirent à neuf heures du soir, me laissant avec madame Gauthier qui avait vu Félicie et qui me fit une scène épouvantable.

--Voilà ce que c'est de ne prendre conseil de personne quand on choisit son gendre, me dit-elle, en terminant sa première apostrophe.

Ce coup inattendu m'abasourdit tellement que je ne lui répondis pas un mot, et elle parla longtemps.

XXIII

Tout cela me rendait fort perplexe; mon gendre avait bien raison: entre l'arbre et l'écorce... Mais j'étais le père de Suzanne, cependant, et à ce titre n'avais-je pas quelque droit à m'occuper de son bonheur?

Elle ne paraissait pas malheureuse; certes, son joli visage, autrefois rose et mutin, était devenu plus pâle et plus sérieux; ses yeux légèrement cernés n'avaient plus la joyeuse expression des jours passés, mais elle causait avec abandon quand nous nous trouvions ensemble, et riait volontiers de ce rire charmant, si doux et si communicatif que le plus morose s'y fût déridé.

Félicie, après avoir ponctuellement «fait ses huit jours», était rentrée chez moi, et ne m'avait plus jamais reparlé des détails que dans sa colère elle avait laissé échapper. J'aurais pu croire que j'avais fait un mauvais rêve, si un léger changement dans l'expression du visage de Suzanne, à l'approche de mon gendre, ne m'eût rappelé souvent ce que la vieille bonne m'avait raconté.

Nous n'étions pas loin du 1er janvier, quand un jour, vers midi, en traversant le salon qui menait à la salle à manger, chez mon gendre, j'entendis le bruit de sa voix irritée; celle de Suzanne, particulièrement vibrante, lui répondait par saccades... J'eus l'envie la plus véhémente de rester immobile et d'écouter à la porte, mais la vieille habitude prit le dessus, et je frappai sans attendre. Mon gendre m'ouvrit, et j'eus le temps d'observer l'expression brutale et presque sauvage de sa physionomie. Suzanne, assise devant sa tasse vide, les mains jointes, les yeux brillants, une tache rouge à chaque pommette, réprima un élan involontaire vers moi. Je ne dis rien, mais je pris une chaise, car je sentais mon coeur battre beaucoup trop fort.

--Je suis venu te chercher, dis-je à ma fille; n'était-il pas convenu que nous irions ensemble à une matinée théâtrale?

Avant qu'elle eût le temps de répondre, mon gendre, qui s'était assis entre elle et moi, s'interposa vivement:

--Désolé, cher beau-père, me dit-il,--sa voix était devenue douce comme les sons d'une flûte,--Suzanne a des visites à faire: elle l'avait oublié, je viens de lui rappeler;--des visites indispensables... Je regrette vraiment que vous ayez pris une peine inutile.

Je regardai M. de Lincy; jamais il n'avait été plus calme et plus aimable; ce jour-là cependant j'étais décidé à ne pas m'en laisser imposer.

--Soit, dis-je; d'ailleurs je ne tenais pas du tout à ce théâtre. Je vous accompagnerai quand vous sortirez: j'ai la voiture à quatre places, puis-je vous mener quelque part?

Mon gendre murmura quelques paroles vagues que je ne pus comprendre, et sortit: je ne puis dire qu'il frappa la porte en s'en allant, mais de la part d'un homme aussi bien élevé que M. de Lincy, le mouvement était d'une violence étonnante.

--Qu'y a-t-il? dis-je à Suzanne lorsque le bruit d'une autre porte m'eut annoncé le départ définitif de mon gendre.

--Rien du tout, fit-elle avec un geste d'ennui. Des questions d'intérêt...

--D'intérêt?

--Oui; il a fait de mauvaises affaires, à ce qu'il paraît; il a quelque chose à payer, et l'on veut de l'argent tout de suite...

--Qui?

--Je n'en sais rien. Bah! c'est toujours comme cela, et tout s arrange.

--Ce n'est donc pas la première fois? fis-je avec un mouvement d'effroi.

Suzanne me regarda de l'air de quelqu'un qui se reproche d'en avoir trop dit.

--C'est déjà arrivé une ou deux fois, dit-elle avec hésitation, pour des vétilles... Ce n'est pas la peine d'en parler.

--Écoute, lui dis-je alors, la chose est fort grave; si mon gendre a des embarras d'argent, c'est déjà un point assez important pour que j'en sois informé; mais s'il te fait souffrir de ses accès de mauvaise humeur, c'est encore plus sérieux.

Suzanne baissa la tête et ne répondit pas; ses doigts tortillaient nerveusement le coin de la nappe. Au bout d'un instant, elle leva les yeux, et son visage changea d'expression:

--Mon Dieu! père, s'écria-t-elle, que tu es pâle! Voyons, ne te tourmente pas comme cela. Il a mauvais caractère, c'est bien certain; mais, en n'y faisant pas attention, je viens bien à bout de me débarrasser de lui! Cher père, ajouta-t-elle en venant à moi, je suis heureuse malgré cela, oui, je suis heureuse,--elle avait noué ses bras autour de mon cou,--rien ne me manque, je fais ce que je veux..

--Tu as envie de faire des visites? interrompis-je en la serrant dans mes bras.

Elle rougit, sourit, hésita et finit par répondre:

--Non! mais tu as bien vu que c'est sa mauvaise humeur qui est cause de tout cela; il ne veut pas que je te raconte... Mais sois tranquille, tout est très-bien, je suis heureuse.

Elle me câlinait, et posait en souriant sa tête sur mon épaule; malgré le souci qui s'était emparé de moi, je ne pus résister à la grâce de ses caresses, je souris aussi, et mon gendre en entrant nous trouva rayonnants. Son air grognon avait aussi disparu, il souriait avec la grâce parfaite du temps passé, et nous avions tous les trois l'air de nager dans la béatitude.

--J'ai réfléchi, ma chère, dit-il à Suzanne. Ces visites peuvent se remettre, si vous le désirez; allez avec votre père.

Suzanne disparut et revint en un clin d'oeil avec ses gants et son chapeau.

--J'espère, lui dit à demi-voix son mari au moment où nous sortions, j'espère que vous me tiendrez compte de ma bonne grâce?

Elle ne répondit pas et se hâta de monter en voiture.

--Qu'est-ce que tout cela veut dire? demandai-je quand nous fûmes en route.

Elle sourit de son air embarrassé et ne répondit rien. Comme j'insistais:

--Tiens, père, dit-elle, n''allons pas au théâtre; je n'ai pas envie d'entrer dans cette salle chaude où il y a des bougies en plein midi; il fait beau, allons au bois de Boulogne.

Nous fûmes bientôt au bord du lac, absolument désert à cette saison et à cette heure de la journée.

--Vois-tu, père, me dit-elle, lorsque le mouvement de la voiture et l'air vif d'une belle gelée eurent ramené son teint à sa fraîcheur ordinaire, il ne faut pas t'imaginer que M. de Lincy soit toujours aussi désagréable.

--Je trouve suffisant qu'il le soit quelquefois!

--Quelquefois-,--pas souvent. Ce sont ces affaires d'argent qui le tracassent. Il a vendu ses terres...

--Quelles terres? Lincy?

--Oui; pas le château ni le parc, mais tout le domaine...

Je bondis sur mon siège; elle posa sa main sur mon bras. Je me calmai.

--Quand? repris-je d'un ton aussi indifférent que possible.

--Peu de temps après ta visite...

--Un mois après ton mariage?

--A peu près.

Je réfléchis encore. Une foule de détails que jusque-là je n'avais pas remarqués me revenaient à la mémoire.

--As-tu une voiture? demandai-je à ma fille.

--Pas encore.

--Et l'ameublement de l'hôtel, est-il payé?

--Je ne crois pas. Il me semble que le tapissier est venu avant-hier... Voyons, mon petit père chéri, ne te fâche pas! N'est-il pas naturel qu'on ne puisse payer tout d'un coup une somme comme celle-là?

--Non, dis-je avec force, ce n'est pas naturel, quand on vient de vendre un domaine estimé à près d'un million. M. de Lincy devait avoir des capitaux à placer, et ce n'est pas un misérable compte de tapissier qui pourrait le mettre de mauvaise humeur...

Suzanne essaya de me calmer, mais j'avais l'épine enfoncée trop avant au coeur pour que sa tendresse me rassurât complètement, et nous reprîmes le chemin de la ville en silence.

XXIV

Le doute n'était plus possible; malgré la générosité qui poussait Suzanne à me cacher la situation, ma fille était malheureuse dans son intérieur. Malheureuse! Et moi, qui avais cru si bien faire en la mariant de bonne heure, afin de ne pas la laisser orpheline, non-seulement je n'étais pas mort, mais il me semblait aller beaucoup mieux! Ne sachant à qui m'en prendre, dans ma colère, j'allai voir le docteur. Il se trouvait précisément chez lui.

--C'est une indignité, docteur, lui dis-je en entrant: vous m'avez trompé!

--Asseyez-vous donc, mon ami, répondit-il sans se troubler. En quoi vous ai-je trompé?

--Je me porte comme le pont Neuf! Et vous qui m'avez fait marier ma fille sous prétexte que j'étais dangereusement malade...

L'excellent homme me rit au nez sans cérémonie, puis reprit avec une douce gaieté:

--D'abord, je ne vous ai pas fait marier votre fille, et puis je ne vous trouve pas si malheureux de n'être plus malade! De quoi vous plaignez-vous?

--J'ai marié ma fille à un butor, à un...

Je me calmai subitement, car je courais risque de passer pour un fou aux yeux de l'éminent praticien si je disais tout ce que je pensais de mon gendre.

Le docteur était devenu sérieux tout à coup.

--Est-ce qu'il ne se conduit pas bien avec Suzanne? dit-il d'un ton grave.

--C'est un animal; voilà mon opinion! Nous nous regardâmes tous les deux, et je vis que le docteur était fort ému.

--Si je pensais qu'il la rend malheureuse, dit-il entre ses dents... C'est que je l'aime, notre Suzon! Elle est votre fille, c'est vrai, mais c'est moi qui l'ai amenée au jour... Est-il possible que ce beau M. de Lincy ne soit pas aux genoux de son adorable femme?

--Aux genoux de sa femme! Ah! docteur, tenez, ne parlons pas de tout cela. Je ne me consolerai jamais d'avoir fait ce mariage-là! et quand on pense qu'il y en a pour toute la vie!...

--Hélas! soupira le docteur, c'est pour cela que je suis resté garçon!

Je réfléchis, puis un rayon d'espoir me vint d'en haut.

--Est-ce que M. de Lincy a une bonne constitution? glissai-je cauteleusement.

--Lui? il est bâti à chaux et à sable: ce garçon-là ira jusqu'à quatre-vingts ans!

Un morne silence régna dans le cabinet.

--Et moi, dis-je, aurai-je longtemps la douleur d'assister aux souffrances de ma fille?

--Asseyez-vous, fit le docteur qui se mit à me palper et à me retourner dans tous les sens.

--N'avez-vous jamais mal dans les jambes? me dit-il après un long examen.

--Si fait, lui dis-je, et même je voulais vous consulter à ce sujet; il me semble que mes articulations se roidissent chaque jour; j'ai des douleurs vagues...

--Ah! mon ami, s'écria le brave homme en me tendant les deux mains, vous avez des rhumatismes, vous êtes sauvé!

--Sauvé?

--Mon Dieu, oui! à condition de ne pas vous amuser à faire des folies; mais vous êtes sauvé, et probablement vous vivrez très-vieux,--avec des douleurs atroces de temps en temps, par exemple! Je vous en préviens!

--Très-vieux? répétai-je d'un air préoccupé.

--Mais oui! Cela a l'air de vous contrarier?

--Pas précisément, mais si j'avais su... c'est moi qui n'aurais pas marié Suzanne!

--Vous pourrez au moins la protéger.

--La protéger? de quelle façon, s'il vous plaît? Est-ce qu'une femme mariée n'est pas absolument l'esclave de son mari?

--Pas absolument, fit le docteur sur le ton de la conciliation; il y a la séparation de corps...

--Cela vaut mieux que rien... et encore, je ne sais pas... le scandale, les bruits méchants autour d'une jeune femme... Suzanne n'a que dix-huit ans...

--Allons, allons, tout n'est peut-être pas désespéré; on a vu des ménages qui avaient mal commencé devenir très-heureux...

--Si M. de Lincy rend jamais quelqu'un très-heureux, je serai bien étonné. Enfin, vous avez raison, docteur, en cas de nécessité, il y aurait la séparation. Mais tout cela, est bien lugubre. Ah! si vous m'aviez dit l'an dernier que j'aurais des rhumatismes!...

--Eh! mon ami, pouvais-je le deviner? fit le docteur en me citant un texte latin pour arrondir sa phrase. Vous aviez le coeur attaqué, mais c'était à cause de vos rhumatismes... N'importe qui s'y serait trompé.

--C'est égal, docteur! si j'avais su!...

En m'en allant, dans l'escalier, je sentis une vive douleur au genou gauche. Brave docteur! il venait de me rendre la vie, comme il me l'avait ôtée un an auparavant. J'étais content cependant, moins pour la vie en elle-même, bien qu'elle ne soit point si méprisable, que pour la joie de me savoir en état de protéger Suzanne.

Au moment de monter en voiture, je rencontrai Maurice Vernex qui passait.

--Eh! vous voilà! me dit-il allègrement. Vous avez bonne mine. Comment va-t-on chez vous?

--Figurez-vous, lui dis-je, que j'ai des rhumatismes; je suis enchanté!

--Eh bien! vous n'êtes pas difficile! s'écria-t-il en riant. Et madame de Lincy?

--Ma fille va bien, merci, dis-je, ramené à mes préoccupations. Mais vous-même?

--Moi? Je m'ennuie! répondit-il avec un sérieux qui ne lui était pas ordinaire. Je m'ennuie de n'être bon à rien en ce monde. Quand je n'avais pas le sou, tout allait bien; à présent que j'ai des rentes, je n'ai plus goût à rien.

--Venez dîner avec moi, nous mettrons nos misères ensemble, lui dis-je. Moi aussi, je ne suis pas content de mon sort.

--Comment, vous avez des rhumatismes, et vous n'êtes plus content? Mais que vous faut-il donc?

Sa gaieté me rajeunissait; grâce aux paroles du docteur et à la société de Maurice Vernex, je passai une soirée charmante.

Vers neuf heures du soir, nous étions dans mon cabinet à fumer de très-bons cigares, et comme il faisait froid, nous avions baissé les portières et les rideaux; cette pièce, somptueuse et sévère à la fois, bien chauffée, doucement éclairée, était l'image de la vie large et confortable des gens de notre monde, et j'éprouvais un bien-être que je n'avais pas ressenti depuis longtemps, lorsqu'un petit bruit me fit retourner, et j'aperçus la tête blonde de Suzanne passée à travers la fente de la portière de velours.

--Comment! lui dis-je, toi, à cette heure? Viens vite te chauffer.

--Tu n'es pas seul... dit Suzanne en se dégageant à demi des plis épais de l'étoffe, je vous dérange.

Maurice Vernex s'était levé en apercevant ma fille, et, la main sur le dossier d'une chaise, il attendait son arrêt.

--Pas du tout, dis-je, et M. Vernex n'aura garde de s'en aller comme il me paraît en avoir l'intention. Nous allons prendre une tasse de thé tous les trois ensemble.

J'étendais la main pour sonner, Suzanne me retint:

--J'ai déjà donné des ordres à Pierre, dit-elle, et j'ai apporté mon ouvrage. Est-ce que vous supportez les femmes qui font de la tapisserie, monsieur? dit-elle en s'adressant à Maurice.

--Je les vénère, madem... Pardon, madame, reprit-il en s'inclinant devant elle. Je n'avais pas eu l'honneur de vous voir, ajouta-t-il en manière d'excuse, depuis l'événement qui...

--Qui m'a donné le nom de M. de Lincy? fit-elle avec ce mélange de comique et de sérieux qui la rendait si amusante. Oh! j'ai changé de nom, mais voilà tout!

Elle rougit soudain et se mit à fouiller activement dans son petit panier à ouvrage.

--Alors on peut faire encore de la musique? demanda Maurice d'une voix particulièrement moelleuse.

--Oui... mais pas les jours maigres, c'est aujourd'hui vendredi.

Elle se mit à broder avec une application qui me rappela le temps où elle apprenait son catéchisme. La conversation reprit; Pierre nous apporta le thé, et nous passâmes une heure délicieuse.

--A propos, dis-je soudain, retombant dans la réalité, où est ton mari?

--Au club, répondit tranquillement Suzanne.

--Est-ce qu'il y va souvent, au club?

--Tous les soirs.

--Et comment es-tu venue?

--En voiture.

--De remise?

--De place, numéro 2,884, lanternes rouges, un brave homme de cocher.

--Tu ne devrais pas sortir seule le soir..., fis-je d'un ton mécontent.

--Oh! père, dit Suzanne en levant sur moi ses beaux yeux caressants, si tu me refuses cela, que me restera-t-il?

Maurice Vernex regarda ma fille avec une telle intensité d'étonnement que je crus lui devoir une sorte d'explication.

--M. de Lincy est un mari... mari..., fis-je non sans hésiter.

--Despote? glissa Maurice.

--Autoritaire! fit Suzanne d'un ton magistral. Heureusement, il va au club, ajouta-t-elle, mi-rieuse, mi-triste.

--M'accorderez-vous la faveur de vous reconduire ce soir? dit Maurice, avec cette voix richement timbrée qu'il n'employait point pour me parler à moi.

Suzanne secoua négativement la tête.

--Si vous osiez le déposséder de ce droit, dit-elle, mon vieux Pierre vous tordrait le cou sans cérémonie, comme à un poulet!

Nous causâmes encore quelques instants, puis Maurice se retira. Quand je fus seul avec Suzanne, elle vint se blottir dans un grand fauteuil, tout contre moi.

--Que dira M. de Lincy de cette visite? demandai-je non sans quelque inquiétude.

--Ce qu'il voudra, répondit ma fille avec dédain.

Je gardai le silence. Puis, poussé par le besoin irrésistible de rassurer Suzanne, je lui confiai ce que m'avait dit le docteur au sujet de ma santé.

--Alors tu n'es plus malade? Ton pauvre coeur ne bat plus comme l'an dernier? fit-elle avec une joie troublée.

--Non, je ne souffre plus du tout; je passe de bonnes nuits...

Elle m'enlaça dans ses bras, et je sentis des gouttes chaudes tomber sur mes mains et sur mon visage.

--Cher, cher père, murmura-t-elle, que j'ai craint de te perdre! Si tu savais que de fois, la nuit...

--Je le sais, lui dis-je; je t'entendais, et je retenais ma respiration...

--Oh! le méchant père, qui se faisait mal pour ne pas m'inquiéter... C'est fini, dis?

--Le danger est passé, au moins: je vivrai, ma Suzanne, je te protégerai...

Elle me serra plus fort sans parler.

--Es-tu bien malheureuse? lui dis-je tout bas.

Elle me regarda bien en face; je lus une fois de plus dans ses yeux la douceur sublime, la joie ineffable du sacrifice, et elle ne répondit:

--Je suis parfaitement heureuse!

Et elle se remit à pleurer.

XXV

Suzanne prit ainsi l'habitude de me visiter le soir. M. de Lincy, parait-il, ne s'en occupait pas, car il n'en avait rien dit. Maurice venait parfois, mais rarement. J'appris par Pierre que plus d'une fois il avait sonné à ma porte, et, en apprenant que ma fille était avec moi, il s'était retiré sans vouloir se faire annoncer. Cette réserve me parut de bon goût, et je sus gré à ce jeune homme d'avoir su respecter ainsi les tête-à-tête que le destin clément me réservait avec Suzanne.

Un soir, après avoir babillé et ri pendant une demi-heure, celle-ci émergea des profondeurs du grand fauteuil où elle se roulait en boule, comme autrefois, s'assit posément sur le bord, et me regarda d'un air sérieux:

--Père, me dit-elle, je te demande pardon d'une question si saugrenue... mais j'ai besoin de savoir... Es-tu riche?

Jamais Suzanne n'avait parlé de notre fortune, je la croyais au courant de nos revenus.

--Mais oui! lui dis-je, ne le vois-tu pas d'après mon genre de vie?

--Ce n'est pas cela que je veux dire, reprit-elle: je m'exprime mal, sans doute. As-tu une grande fortune personnelle, indépendante de... de ma dot? ajouta-t-elle plus bas.

Je pressentis un nouveau noeud dans notre existence, et je répondis nettement:

--Je t'ai assuré, quinze mille francs de revenu, à cinq, qui font trois cent mille francs de capital: le capital t'appartient; les revenus sont indivis entre toi et ton mari. De plus, tu tiens de ta mère environ deux cent mille francs.

Suzanne baissa la tête et parut calculer.

--Vingt-cinq mille francs, dit-elle, c'est beaucoup...

--Non, quand on a un loyer et un train de maison considérables,--mais tu n'as pas de voitures... M. de Lincy doit avoir au moins autant?

Ma fille ne répondit pas à cette dernière question.

--Et toi, père, reprit-elle, es-tu riche?

--J'ai encore à moi environ quarante-cinq mille francs de revenu,--de quoi te donner tout ce que tu voudras. As-tu envie de quelque objet, as-tu une fantaisie? J'avais oublié de te dire que tu peux puiser sans compter dans ce meuble-là.

J'indiquai mon secrétaire. Elle suivit mon regard.

--Pourrais-tu me prêter dix mille francs? dit-elle d'un ton timide.

--Dix mille francs! répétai-je stupéfait. Que veux-tu faire de dix mille francs?

Elle baissait toujours la tête et jouait avec la frange de sa robe.

--As-tu des dettes? demandai-je avec autant d'indulgence qu'il me fut possible.

--Des dettes? Moi? fit-elle en riant d'un rire forcé. Pourquoi pas? Supposons que j'aie des dettes. Refuserais-tu de les payer?

--Non, certes! A qui dois-tu? A ta couturière? A ta modiste?

--Non, dit Suzanne, je ne puis pas mentir comme cela. C'est M. de Lincy qui en a besoin. Il a perdu au jeu.

--Dix mille francs! qu'il ne peut pas trouver ailleurs que chez moi? Et il ne veut pas me les demander lui-même?

--Oh! père, ne lui en parle pas, je t'en supplie! s'écria ma fille; s'il savait que je t'en ai parlé, il serait furieux!

--Furieux! Je voudrais bien voir cela.

J'étais tellement irrité, que pour me calmer Suzanne se vit forcée de m'avouer l'exacte vérité, M. de Lincy, averti par ses domestiques des visites que me rendait sa femme pendant ses absences journalières, avait jugé à propos de se faire payer sa complaisance, et il avait dit très-nettement à Suzanne que, si elle voulait continuer à me voir, il fallait qu'elle obtînt en échange les sommes dont il pourrait avoir besoin. C'est du moins ce que je recueillis de son long récit, coupé par des réticences douloureuses.

--Et si je te les refuse? dis-je, outré de tant de bassesse.

--Ne me les refuse pas, père, je t'en supplie!

Tu me ferais beaucoup de chagrin!

Elle insistait avec tant de vivacité, que je soupçonnai encore autre chose. A forcé d'interroger et de deviner, je finis par comprendre que le misérable époux, connaissant la répugnance invincible qu'il inspirait à ma fille, lui faisait acheter son repos au prix des sacrifices d'argent qu'elle pourrait obtenir de moi.

--De sorte que si je ne te donne pas la somme que tu me demandes?... fis-je plein d'humeur et de dégoût.

--Il viendra dans ma chambre ce soir, murmura-t-elle honteuse. Je ne puis supporter sa présence, continua-t-elle.--Et le tremblement nerveux dont m'avait parlé Félicie apparut aussitôt à la seule idée de cette présence abhorrée.

--Le misérable! m'écriai-je en serrant les deux poings. Puis je courus à mon secrétaire, j'y pris un paquet de billets de banque que je remis à ma fille.

--Surtout, lui dis-je, donne-les un à un; qu'il paye chaque concession au prix que tu jugeras convenable. Bannis-le irrévocablement, et s'il manque à sa promesse, viens me trouver, je te défendrai contre lui, oui, je te défendrai, quand je devrais le tuer!

Effrayée de ma violence, Suzanne fit de son mieux pour l'apaiser, mais je ne voulais rien entendre.

--Écoute, lui dis-je, à mes yeux, il n'est pas de pire outrage que celui qu'un mari peut infliger par son amour, feint ou réel, à une femme qui le déteste et le méprise. Si jamais ton mari t'inflige cet outrage, je le tuerai--en duel ou autrement,--mais je le tuerai!

Suzanne me quitta fort agitée, fort inquiète; et je n'ai pas besoin de dire que je ne fermai pas l'oeil de la nuit.

A onze heures du matin, je vis accourir Suzanne souriante et reposée. La veille au soir, elle avait livré son argent, et en échange elle avait obtenu un traité de paix, armée, à la vérité.

--S'il ne lui faut que de l'argent, pensai-je, je m'arrangerai pour en avoir. Mais s'il a d'autres exigences, que ferai-je?

Je consultai le Code; le Code ne me dit rien; alors j'allai trouver mon notaire.

XXVI

--Je vous attendais, me dit celui-ci. Je vous aurais fait prévenir si vous n'étiez pas venu.

--Que se passe-t-il donc?

--M. de Lincy est très-fort! oh! il est très-fort! Il s'est informé de la manière, dont sont placés les capitaux de madame de Lincy.

--Eh bien! ne sont-ils pas inaliénables?

--Sans doute... et c'est bien cela qui l'irrite... J'ai appris, continua-t-il, que votre santé s'est raffermie; vous sentez-vous en état de recevoir une violente commotion?

--Il le faut bien, dis-je; d'ailleurs, après ce que j'ai appris ces jours derniers... Qu'y a-t-il?

Le notaire fouilla dans un tiroir de son coffre fort, en tira une simple copie de lettre, et je lus ce qui suit:

«Mon cher persécuteur,

«En réponse à votre dernière lettre, je me vois forcé de vous révéler le véritable état des choses. Malgré les belles apparences, Lincy était fort hypothéqué, vous le savez mieux que personne. J'ai conclu un mariage qui ne m'assurait presque rien en fait d'avantages présents, mais qui m'offrait une fort belle position dans un délai que la mort prévue de mon beau-père devait rapprocher.»

Je regardai le notaire, qui me fit signe de continuer. J'obéis.

«Mon beau-père, au lieu de mourir, se porte comme un charme, et moi, par contre, je me trouve dans les plus mauvais draps. J'avais trouvé quelques bonnes âmes qui, se basant sur l'état précaire de la santé du père de ma femme, m'avaient avancé des fonds. Le rétablissement de ce monsieur rend leur créance très-mauvaise, et, naturellement, c'est moi qui en suis victime. Je n'insiste pas sur l'indélicatesse que commet mon beau-père en ne trépassant pas dans les délais voulus, mais il faut que vous m'aidiez à obtenir un renouvellement de ces créances, ou quelques garanties, ou enfin quelque chose qui me sorte de mon pétrin.»

La copie s'arrêtait là. Je repliai le papier et je le remis au notaire:

--Il a la plaisanterie aimable, dis-je d'un ton dégagé. Gomment vous êtes-vous procuré ce précieux document?

Il haussa les épaules.

--On se procure tout ce qu'on veut, pourvu qu'on y mette le prix, répondit-il. Eh bien! que pensez-vous de votre gendre?

--Je le trouve charmant; mais cela ne m'étonne nullement de sa part. Je ne pouvais pas attendre autre chose. Qu'allons-nous faire?

--La dot de madame de Lincy ne court aucun danger, me répondit évasivement mon conseiller.

--Fort bien; mais il n'en appert pas moins que M. de Lincy a des dettes probablement considérables; sa terre patrimoniale a été vendue six semaines après son mariage, vous le savez. Donc, il vit actuellement des vingt-cinq mille francs de rente que lui a apportés ma fille; à moins qu'il n'ait d'autres ressources que j'ignore...

Le notaire fit un signe négatif; je continuai:

--Il doit être criblé de dettes nouvelles, car il avait besoin avant-hier de dix mille francs que ma fille m'a demandés pour lui.

--Vous avez refusé, j'espère? dit mon interlocuteur.

--J'ai accédé, et ma fille lui a remis cette somme de la main à la main.

Mon notaire se leva et fit deux tours dans son cabinet:

--Permettez-moi, mon cher client, de vous dire que cette conduite n'est basée sur aucun raisonnement. Si vous donnez ainsi de l'argent, sans reçu, à la première réquisition, vous laissez s'organiser contre vous une exploitation régulière!

Je fis un signe d'assentiment.

--C'est absurde!

--Oui, d'accord; mais si c'est à ce prix seulement que je puis obtenir le repos de ma fille, je n'ai pas à hésiter.

--Mais, cher monsieur, c'est du chantage, alors!

--Parfaitement.

Le notaire fit encore deux ou trois tours:

--Et ensuite? dit-il en s'arrêtant devant moi.

--Ensuite? Que voulez-vous que je vous dise? Le roi, l'âne ou moi, nous mourrons, comme dit le fabliau; mais moi, vivant, je ne puis souffrir que ma fille soit malheureuse quand je puis acheter sa tranquillité à poids d'or.

--Et quand vous serez entièrement dépouillé?

--Sans doute alors il me laissera l'emmener quelque part où nous achèverons de vivre en paix, pauvres, mais heureux d'être ensemble.

--C'est de l'aliénation mentale! s'écria le digne homme. Je ne puis permettre à mes clients de dissiper ainsi leur fortune. Faites prononcer une séparation!

--Ce moyen me répugne, repris-je, mais en dernier recours...

--Non pas en dernier! en premier! Est-il possible que vous hésitiez un moment?

Il me démontra si bien les avantages de la séparation, que je restai ébranlé. Certes, il m'en coûtait-de voir ma fille, à dix-huit ans, condamnée pour toujours à ignorer les douceurs de la vie de famille et de la maternité; mais cette perspective, si triste qu'elle fût, était encore préférable à celle que, dans mon désespoir, j'avais évoquée: l'abandon de tous mes biens, pour obtenir la liberté d'avoir ma fille avec moi.

--Pourquoi tous vos biens? m'avait dit le notaire.

--Parce que, tant que j'aurai quelque chose, il persécutera sa femme pour me le soutirer.-- Soit, dis-je enfin quand j'eus écouté la lecture du code et les conclusions de mon conseiller. Que faut-il faire pour obtenir une séparation?

--Il y a d'abord les coups et sévices par-devant témoins...

--M. de Lincy, je l'espère du moins, n'est pas un homme à frapper ma fille. Passons.

--Il y a l'adultère du mari, constaté par l'existence d'une maîtresse sous le toit conjugal.

--Ceci ne serait peut-être pas impossible, nous verrons. Et puis?

--Il y a l'incompatibilité d'humeur;--mais si M. de Lincy a intérêt à conserver son pouvoir sur sa femme, il sera bien difficile de l'amener là. Enfin, réfléchissez, conclut le notaire; causez avec votre fille, voyez ce qu'elle préfère; si vous pouviez engager M. de Lincy à vous la rendre, sans bruit et sans scandale, cela vaudrait beaucoup mieux.

--Sans doute, mais je n'attends rien de lui...

--Même en le payant très-cher?

--Peut-être. Je reviendrai vous voir. Merci. Je le quittai, navré, et j'allai chez mon avoué.

Celui-ci me reçut avec les démonstrations du plus vif intérêt et parut parfaitement au courant de l'affaire, ce qui ne laissa pas de m'étonner. Comme je lui faisais part de ma surprise:

--Oh! me dit-il, depuis deux ou trois mois, on s'attend à quelque résolution semblable de votre part. M. de Lincy est lancé dans un genre de vie très-dissipé; madame de Lincy est digne de tous les respects; on pensait bien que vous ne pourriez pas tolérer cet état de choses.

--On? Comment oh? Qui donc?

--Mais, tout le monde, ou à peu près... Vous étiez, comme il arrive toujours, le seul à ne pas connaître le caractère véritable de votre gendre.

J'appris alors que les renseignements obtenus par moi sur le compte de M. de Lincy avaient exactement la valeur de ceux qu'on obtient sur ses domestiques quand on a la faiblesse de croire à la validité des renseignements. Tous ceux qui avaient quelque intérêt à voir mon gendre faire un beau mariage, pour être débarrassés de lui ou de ses billets, tous ceux-là, amis, créanciers, tenanciers, voisins, avaient chanté le concert de louanges qui m'avait étourdi.

Depuis son retour à Paris, M. de Lincy, qui avait commencé par vendre Lincy pour se débarrasser d'hypothèques par trop exigeantes, s'était jeté à plein corps dans la vie qu'il avait toujours rêvée. Il aimait tout ce qui coûte de l'argent; il aimait les soupers bruyants, les femmes plâtrées, l'ivresse des liqueurs, la frénésie du jeu. Jusqu'à son mariage, il avait soigneusement dompté ses appétits brutaux, afin de se faire un piédestal de sa bonne réputation pour faire un mariage riche. Depuis il se rattrapait, comme il le disait lui-même sans se gêner.

--Et voilà, m'écriai-je, pourquoi ma fille n'a pas de voiture, pourquoi elle porte toujours les mêmes robes depuis son mariage, pourquoi...

Je restai atterré, et, la tête dans mes deux mains, je maudis ma folie, mon imbécillité!

--Que faire? dis-je machinalement, la séparation?

--Certainement! conclut mon légiste d'un ton joyeux.

Il voyait une bonne affaire, et moi, je voyais le nom de ma fille livré aux feuilles publiques. Je sentais la raillerie des regards méchants sur le visage innocent de ma Suzanne... Après tout, mieux valait encore l'esclandre, puisqu'il était nécessaire, que le martyre prolongé, la lente agonie de mon enfant dans les mains impures du misérable auquel elle était liée pour la vie.

J'annonçai mon intention de réfléchir et je rentrai chez moi.

Après une heure de méditation, je sortis et je me rendis chez mon gendre. Il était absent, ma fille aussi; je laissai ma carte avec l'ordre de la remettre à M. de Lincy seul. Par quelques mots au crayon, je lui demandais un entretien particulier pour le soir même ou le lendemain matin. Puis je rentrai chez moi, afin de mûrir mon plan de campagne.

XXVII

Le lendemain, vers dix heures du matin, Pierre vint m'annoncer que mon gendre m'attendait dans mon cabinet. J'appelai mentalement à mon secours l'image de la mère de Suzanne et j'abordai M. de Lincy.

Personne n'eût pensé que, de nous deux, c'est lui qui était le coupable et moi le juge, car je sentais mes traits et ma voix profondément altérés par l'émotion, tandis qu'il paraissait parfaitement à son aise. Ses vêtements, d'une coupe élégante, lui seyaient à merveille; mais son visage fatigué, ses yeux ternes témoignaient contre lui.

Il n'essaya pas de me tendre la main et se contenta de s'incliner. C'était du reste ce qu'il avait de mieux à faire. Je lui indiquai un siège, et je m'assis.

--Vous m'avez demandé un entretien? dit-il avec aisance.

Je fis un signe de tête affirmatif. Son impudence me révoltait au point d'arrêter ma voix dans mon gosier contracté.

--Je suis à vos ordres, continua-t-il avec une déférence du meilleur goût.

J'avais recouvré; la parole, je me hâtai d'en profiter.

--Je vous ai trompé, monsieur, lui dis-je, mais c'était bien sans le vouloir.

Le visage de mon gendre exprima une anxiété de bon ton.

--Lorsque vous avez épousé ma fille, continuai-je, tout le monde me croyait bien malade, et, moi-même, je n'ai consenti à me séparer de Suzanne que dans la prévision d'une fin prochaine.

M. de Lincy fit un geste aimable qui semblait dire: Ne parlez donc pas de ces vilaines choses-là! Mais je n'étais pas d'humeur à me laisser émouvoir.

--Suzanne se trouvait donc alors non-seulement convenablement dotée, mais encore elle vous apportait, dans un avenir prochain, ce qu'on est convenu d'appeler de très-belles espérances...

M. de Lincy m'écoutait avec une attention si soutenue qu'il oublia de conjurer poliment au passage ce mot de mauvais goût.

--Voici que,--heureusement ou malheureusement, car tout dépend des points de vue, --mon médecin s'était trompé du tout au tout, en prenant les symptômes accessoires d'une maladie pour une altération organique... Mais ce serait très-long et peu intéressant...

--Comment donc! murmura M. de Lincy, ces détails, au contraire, sont de l'intérêt le plus puissant. Qui est votre médecin?

--Le docteur D...

--Il est très-fort, très-fort, murmura M. de Lincy. Eh bien?

--Eh bien, je ne cours aucun danger, et très-probablement, à moins d'un accident que nul ne peut prévoir, j'atteindrai un âge fort respectable.

--Je ne puis, dit mon gendre, que me féliciter de cet heureux changement.

Son ton était irréprochable, mais l'expression de son visage, quoi qu'il en eût, était moins joyeuse que ses paroles.

--Le résultat est que, devant vivre longtemps, j'avais des années devant moi pour prendre une résolution irrévocable, et je reconnais que j'ai marié Suzanne à la légère.

--Comment l'entendez-vous? dit M. de Lincy en levant sur moi un regard poli et haineux.

--C'est ce que je vous dirai tout à l'heure. Mais votre position, vos espérances, en un mot, se trouvent aussi modifiées par mon état actuel de santé... de sorte qu'il y aurait, je pense, lieu d'arriver à un compromis... Si vous voulez me rendre Suzanne, et considérer, en ce qui dépend de vous, votre mariage comme non avenu,--je vous offre une rente viagère de nature à contenter les goûts les plus larges.

Je me tus. Mon gendre, toujours calme, m'observait de son regard terne et froid. Comme il gardait le silence, je levai les yeux sur lui pour l'interroger. Il parla:

--Je ne peux pas m'expliquer, cher beau-père, dit-il, le motif qui vous porte à me faire une proposition aussi extraordinaire; Jusqu'ici, à ce qu'il me semble, Suzanne et moi n'avons jamais donné lieu de penser que nous n'étions pas heureux de vivre ensemble!

--Je n'ai pas à discuter cette question, repris-je avec une sorte d'impatience, ce genre de discussion nous entraînerait trop loin. Je vous demande si vous consentez à me rendre ma fille.

--Mais, cher beau-père, dit-il avec une politesse exquise, vous n'y pensez pas! Que dirait-on de moi dans le monde,--et, bien mieux, que dirait-on de madame de Lincy? Une jeune femme qui quitte à dix-huit-ans la maison conjugale! Cette démarche malheureuse lui ferait, ainsi qu'à moi et à vous-même, un tort irrémédiable!

Sa froideur me faisait bouillir le sang dans les veines. J'eus envie de le frapper à la face; je me contins.

--Si je vous faisais, lui dis-je, des avantages assez beaux pour primer toute autre considération?

--A quoi bon? répondit-il; vous aimez trop votre fille pour la laisser manquer de rien, et, tant que nous vivrons ensemble, je n'aurai pas besoin personnellement de recourir à votre générosité.

Il avait jeté le masque; je me sentis plus à l'aise.

--Mais, monsieur, lui dis-je, je puis placer mon bien en viager?

--Raison de plus pour que je ne me sépare pas de ma femme! répondit-il avec un cynisme qui m'épouvanta.

--Vous savez qu'elle vous hait, dis-je, glacé par la colère qui m'envahissait, vous savez que je vous méprise, et vous persistez!

--La femme doit obéissance et soumission à son mari, répondit-il sans relever mon insulte. Trouvez bon que Suzanne continue à me haïr sous le toit conjugal.

--Vous êtes un lâche! m'écriai-je exaspéré.

--Heureusement personne ne vous entend, riposta Lincy sans se troubler, car on douterait de l'état de votre raison! Voyez mon calme, et regardez votre fureur. Personne ne pourrait croire que, sans provocation aucune, un homme en possession de son bon sens s'abandonne à de pareilles extravagances.

Je le regardai; il essaya de me braver, mais sa figure de lâche se décomposa, et il baissa ses yeux impudents devant mon regard d'honnête homme.

--Terminons, lui dis-je. A quel prix me rendrez-vous ma fille?

--A aucun. Je l'aime! répliqua-t-il avec effronterie.

--Nous intenterons un procès en séparation!

--Vous n'aurez pas de griefs. Je ne suis pas assez bête pour me laisser prendre.

Il se dirigea vers son chapeau. J'avisai un revolver à une panoplie, et je fis un mouvement pour m'en saisir, mais je réfléchis qu'il n'était pas chargé...

--Je vous donnerai cent-mille francs comptant, lui dis-je, en essayant de le séduire par un gros chiffre.

--Avec le temps, dit-il froidement, j'en aurai neuf cent mille... Suzanne est assez bonne pour me donner tout ce que je lui demanderai.... Adieu, cher beau-père.

Il était parti depuis un quart d'heure que j'étais encore à la même place, essayant de sortir du gouffre, et ne trouvant aucune voie de salut.

Ma belle-mère, qui venait déjeuner avec moi, me trouva dans cet état de prostration, et n'en fut pas peu épouvantée. A force de me secouer et de m'interroger, elle apprit tout ce que les derniers mois m'avaient révélé et que je lui avais caché jusque-là.

Elle en fut profondément remuée; de vagues appréhensions l'avaient parfois saisie, à la vue du ménage de Suzanne. Mais celle-ci portait si courageusement son malheur, elle savait si bien étourdir sa grand'mère par son joyeux babil d'enfant gâtée, que les commérages, de quelques amies n'avaient pu ébranler qu'imparfaitement la foi de madame Gauthier en l'honneur de mon gendre.

--Je savais qu'il était insupportable, dit-elle; d'ailleurs, tous les gendres sont insupportables, mais je n'aurais jamais cru qu'il fût malhonnête!

--Eh bien, lui dis-je, vous pouvez ajouter cela à son bilan.

Madame Gauthier tomba d'accord avec moi de la nécessité d'une séparation.

--S'il n'y a pas d'autre moyen, réserva-t-elle prudemment, car une femme séparée joue un triste rôle dans la société. Enfin, vous et moi nous sommes là, par bonheur. Où aviez-vous l'esprit, mon pauvre ami, quand, malgré mes conseils, vous vous êtes entêté à prendre M. de Lincy?

Il n'y avait pas à l'en faire démordre, et j'avais d'autres soucis. Je la laissai accumuler les pierres de cette espèce dans mon jardin.

XXVIII

Il fallait aviser à une prompte solution, car la situation, de jour en jour plus tendue, pouvait amener une catastrophe. Notre pauvre Suzanne, qui n'obtenait la paix qu'avec des billets de banque, était exaspérée au point de me faire craindre un dénouement fatal à ce mariage désastreux. Elle parlait désormais plus librement de sa vie domestique. La présence de sa grand'mère, avec laquelle cependant elle n'avait jamais été aussi expansive qu'avec moi, lui permettait d'aborder certaines questions délicates que je n'osais même effleurer.

--Ce n'est pas ma faute, dit un jour Suzanne à sa grand'mère. Je ne savais pas ce que voulait dire le mot mariage: si je l'avais su, je n'aurais jamais épousé M. de Lincy. C'est un crime, oui, un crime que de livrer une jeune fille à un homme qui, pour elle, est le premier venu.

Que répondre à cela? Certes je croyais avoir bien fait, avoir, mieux fait que les autres en laissant ma fille libre dans le choix de ses lectures; mais je n'avais pas prévu que sa pudeur virginale éviterait tout ce qui aurait pu l'instruire, et j'avais donné à ma fille pour mari, pour maître, non un homme aimé, mais, comme elle le disait, le premier venu!

C'est alors que je maudis la coutume barbare qui jette le ridicule et presque le mépris sur celles qui, par goût ou par nécessité, gardent longtemps ou toujours le célibat, les vieilles filles, comme on les nomme. C'est alors que je déplorai ma faiblesse, qui n'avait pas su résister à la pression de mon entourage. Faible et misérable père! Tant qu'il s'était agi de l'éducation de Suzanne, j'avais osé tenir tête à l'opinion publique, et au moment redoutable de décider de son avenir, j'avais manqué d'énergie pour lui assurer l'indépendance et le bonheur!

Il fallait la faire émanciper à sa dix-huitième année, en prévision de ma mort prochaine, me dis-je, et lui laisser le soin de trouver elle-même, quand l'heure serait venue, celui à qui elle se donnerait volontairement, pour l'aimer et le respecter jusqu'à la mort.

Oui, c'est ce qu'il eût fallu faire, mais il était trop tard; tout au plus pouvais-je essayer de pallier le mal que ma faiblesse et mon imprudence avaient causé.

Je m'appliquai dès lors à découvrir les torts de M. de Lincy. Je le suivis partout, le matin, le soir, dans le jour. J'appris où il dépensait son temps et mon argent, à quel restaurant on le voyait souper, où il passait quelquefois la nuit. Ici j'eus une espérance, mais mon avoué la renversa d'un mot:--Ce n'est pas sous le toit conjugal.

Je ne me désespérai pas cependant; je continuai à m'enquérir. Je me fis apporter des billets qu'il avait souscrits, me réservant de le poursuivre s'il en était besoin... Hélas! la contrainte par corps était abolie, et je n'avais plus même la ressource de l'envoyer passer quelques semaines à Clicby!

Un jour que, dans ma patiente recherche, je l'avais traqué sur le boulevard, je le vis descendre de voiture devant Bignon; le coupé était fort joli, le cocher irréprochable, le cheval demi-sang,--c'était son coupé à lui; pour ne pas être forcé d'en partager la jouissance avec Suzanne, il le louait au mois et le prenait au coin de l'avenue des Champs-Elysées, en sortant de chez lui le matin.

Une femme restée dans le coupé se pencha par la portière et lui cria:

--Surtout, n'oubliez pas les cailles rôties!

Cette voix, ce visage m'étaient connus; je fis un plongeon dans mes souvenirs, et je retrouvai au fond, tout au fond, le profil de mademoiselle de Haags, celle que ma belle-mère m'avait si obligeamment destinée autrefois.

C'était bien mademoiselle de Haags, les lèvres rouges, les cheveux d'un blond insolent, les yeux bistrés, agrandis par le crayon noir, les joues fardées,--mais toujours belle. Elle rencontra mon regard en retirant sa tête de la portière, et je ne sais si elle me reconnut. Je restai planté là, de manière à ce que mon gendre ne pût faire autrement que de me voir.

Il sortit bientôt et se dirigea rapidement vers le coupé.

--Le dîner est commandé, dit-il, faisons un tour; dans un quart d'heure nous serons servis.

Je m'avançai alors, et le regardant bien en face:

--Je vous fais compliment, lui dis-je d'un ton aussi froid que possible.

--Eh! mais, dit-il, il y a de quoi, je vous remercie. Mais pas sous le toit conjugal! continua-t-il avec une politesse dérisoire. Oh! non, pas cela!

Il me salua, monta en voiture, referma la portière avec bruit, et le coupé partit dans la direction de la Madeleine. Moi, dévoré par la rage impuissante, je m'assis sur un banc du boulevard, et je me demandai s'il faudrait arriver à lui brûler la cervelle pour délivrer Suzanne de ce monstre.

XXIX

Quelques semaines s'écoulèrent; les jours étaient déjà longs, le soleil était plus chaud, et pourtant Suzanne avait une toux nerveuse qui ressemblait à la phthisie.

A dix reprises, le docteur, consulté, nous avait assuré que cela passerait avec du calme et du bien-être moral. Ils en parlent bien à leur aise, les docteurs! A quel prix pourrais-je assurer le calme et le bien-être moral à Suzanne? Elle obtenait, un repos relatif en satisfaisant aux exigences d'argent de son mari, toujours croissantes, mais qu'était ce repos dérisoire? L'angoisse de la lutte ne torturait-elle pas, avant et après, ce pauvre coeur déchiré?

Madame Gauthier était devenue ma plus précieuse consolation. Malgré la brusquerie de ses coups de boutoir, elle n'en était pas moins une excellente femme, et ses idées, autrefois si absolues, avaient subi des modifications essentielles depuis nos malheurs. Elle avait vieilli beaucoup en quelques mois; quant à moi, j'étais devenu tout blanc. Ma barbe et mes cheveux, toujours abondants, n'avaient plus trace de leur couleur primitive.

Depuis quelques jours je trouvais Suzanne plus agitée, plus nerveuse encore que de coutume; ses visites, toujours fréquentes, étaient plus courtes. Le plus souvent, elle ne faisait qu'entrer et sortir. Un soir qu'elle était venue vers neuf heures, après s'être laissée tomber en entrant dans un fauteuil, elle se releva tout à coup comme par un ressort, rajusta ses bandeaux toujours ébouriffés et m'embrassa comme pour s'en aller.

--Déjà? lui dis-je. Nous ne nous parlions guère, mais c'était encore du bonheur que d'être ensemble.

--Oui, dit-elle, je m'en vais. Elle serrait nerveusement contre elle les plis de son burnous.

--Veux-tu de l'argent? lui dis-je; il y a longtemps que tu m'en as demandé.

--Non, merci, dit-elle. Combien m'as-tu donné à peu près, depuis les premiers dix mille francs?

--Nous voici bien près de vingt mille.

--C'est bien ce que je pensais, répondit-elle d'un air préoccupé.

--Mais tu sais, lui dis-je en l'attirant à moi, tu sais que tout est à toi, qu'il n'y a pas une obole à moi qui ne t'appartienne?

Elle me serra fébrilement contre elle, m'embrassa et sortit sans parler. Ma belle-mère, qui la regardait tristement, n'essaya pas de lui rappeler sa présence Depuis que nous étions si malheureux, sa jalousie puérile avait totalement disparu.

--Si j'étais vous, mon gendre, me dit-elle après que nous eûmes bien regardé les chenets sans rien dire, j'irais voir un peu cette maison-là. Il me semble que tout n'y va pas bien.

--Quand cela a-t-il été bien? dis-je avec désespoir.

--: J'ai dans l'idée que les choses vont plus mal qu'avant, insista madame Gauthier. Il y a dans l'attitude de Suzanne quelque chose d'extraordinaire... C'est votre fille, et vous êtes assez emporté sans qu'il y paraisse. J'ai peur qu'elle ne prenne quelque mauvaise résolution...

--Vous avez raison, dis-je. J'irai demain. Le lendemain, en effet, vers midi, je me rendis chez mon gendre. Il était rarement chez lui à cette heure, j'avais lieu d'espérer une conversation tranquille avec ma fille. J'appris au contraire qu'il était resté à déjeuner, ce qui n'était guère dans ses habitudes. Le valet de pied paraissait peu soucieux de m'annoncer, il y avait dans toute l'apparence de la maison quelque chose de décousu, d'inquiet, qui me parut du plus mauvais augure. Je dis au domestique que j'entrerais seul, et je franchis la porte du salon. La vaste pièce était déserte, mais la porte opposée, celle de la salle à manger, ouverte à deux battants, laissait arriver le bruit des voix.

--Je vous hais, cria Suzanne en frappant du pied, je vous hais et je vous méprise!

--Vous êtes une femme charmante, répondit Lincy, et la colère vous sied à merveille. Je crois qu'au fond j'aime encore mieux revenir à vous que d'aller chercher fortune ailleurs.

--Lâche! s'écria ma fille.

J'avais fait un pas en avant, je les voyais dans l'embrasure de la porte, mais ni l'un ni l'autre ne regardaient de mon côté.

Il s'approcha d'elle en riant et voulut lui prendre la taille; elle alors, se redressant de toute sa hauteur, lui cracha au visage.

Il reçut l'affront et recula; sa figure blême exprimait la rage la plus féroce. Au moment où j'arrivais en courant, il leva le bras, et Suzanne reçut sur le visage un soufflet de crocheteur.

Je bondis sur Lincy, mais il était plus jeune et plus alerte que moi, il se dégagea de mon étreinte, et toujours sans essuyer son visage décomposé, me serrant le bras comme dans un étau:

--Coups et sévices, me dit-il, mais pas en présence de témoins. Il faut deux témoins, beau-père, et vous ne m'y prendrez pas. Je la battrai la nuit!

Il me poussa brusquement, et pendant que je regagnais l'équilibre, il disparut.

XXX

Je regardai Suzanne. Elle n'était pas de celles qui s'évanouissent dans les grandes circonstances: son doux visage marbré avait pris une expression rigide; ses lèvres tremblaient.

--J'aime encore mieux cela que ses caresses, dit-elle entre ses dents serrées. S'il vient ce soir, je le tuerai, ou moi-même!

Une idée lumineuse me traversa l'esprit.

--Est-il parti? dis-je.

--Oui, il s'en va toujours quand il a fait une scène.

--Viens, lui dis-je en l'entraînant dans sa chambre. Vite un châle et un chapeau; ne perds pas une minute.

Elle obéit machinalement.

--Tes bijoux, lui dis-je, où sont-ils?

Elle indiqua un petit meuble. J'y fouillai vivement et j'y pris sa boîte à bijoux, encore intacte.

--As-tu des lettres, des souvenirs, quelque chose que tu aimes?

Elle regarda autour d'elle d'un air indifférent, pus saisit une miniature de sa mère, accrochée à la cheminée, la pressa sur ses lèvres et fondit en larmes.

--Non, non, lui dis-je, ne pleure pas, il ne faut pas qu'on te voie pleurer.

Elle sécha ses larmes aussitôt; La marque du soufflet commençait à rougir et lui causait une cuisson douloureuse.

--Un voile, dis-je.

Elle en prit un et l'attacha avec le même mouvement automatique.

Je la fis passer devant moi. L'antichambre était déserte, et les domestiques à la cuisine, dans le sous-sol, se racontaient l'exploit de leur maître, deviné ou entendu à travers les portes. Je fis monter Suzanne en voiture, et je donnai un ordre au cocher.

--Où allons-nous? me dit ma fille en voyant qu'on ne prenait pas le chemin de la maison.

--Chez le docteur, répondis-je.

Le docteur finissait à peine de déjeuner. Je poussai Suzanne dans la salle à manger, et la montrant à notre ami stupéfait:

--Voilà ce qu'il a fait de ma fille! dis-je Je devais être terrible, car le docteur me regardait plus que Suzanne.

--Qu'est-ce que cela? dit-il sans me quitter des yeux.

--C'est un soufflet, dis-je, et celui qui le lui a donné le payera de sa vie!

Le docteur secoua la tête, prit la main de Suzanne, toujours muette, toujours droite, et secouée seulement par son tremblement nerveux.

--Qu'allez-vous faire? dit-il.

--Vite une ordonnance, docteur; nous partons pour l'Italie. Je l'enlève, et s'il veut venir me la reprendre, je le tuerai!

Suzanne poussa un cri de joie, s'élança dans le vide pour m'embrasser, et ce fut le docteur qui la reçut dans ses bras, car cette fois elle était évanouie.

XXXI

Suzanne revint bientôt à elle; en rencontrant mon regard, elle eut sur-le-champ le sentiment de la réalité.

--Est-ce bien vrai que tu m'emmènes? fit-elle avec une expression déchirante d'angoisse et de prière.

--Oui, je t'emmène, pour toujours.

--Je, ne le reverrai plus?

--Jamais, en ce qui dépendra de moi; jamais, au moins tant que je vivrai!

Elle ferma les yeux et respira longuement Puis son doux regard plein de reconnaissance se porta de mon visage à celui du docteur.

--Je vous la laisse, dis-je à celui-ci; gardez-la jusqu'à mon retour, et ne laissez pénétrer personne auprès d'elle.

--Soyez tranquille, répondit notre vieil ami, d'autant mieux que j'ai à causer avec elle.

Je sortis, et je courus chez mon notaire. Quand celui-ci apprit ma résolution de ne pas laisser Suzanne plus longtemps aux mains de son mari, il devint très-soucieux:

--C'est grave, dit-il, très-grave, ce que vous projetez là! Songez que le mari est toujours en possession du droit de retenir sa femme au domicile conjugal, en se faisant prêter main-forte, en cas de besoin!

--Qu'il y vienne! murmurai-je entre mes dents.

--Je vous ferai observer; continua-t-il, que je vous parle en ami; que ferez-vous si votre gendre découvre votre retraite et vous fait sommer de lui rendre sa femme?

--Je n'en sais rien, répondis-je en essayant de me calmer. Si cette occasion se présente, je trouverai sans doute un dénouement à la situation; mais en ce moment, après ce qui s'est passé, je ne peux y penser de sang-froid.

--Ne voudrait-il pas mieux demander une séparation, et obtenir que votre fille, en attendant, vînt demeurer chez vous?

--Peut-elle y rester dès à présent? tout de suite?

--Tout de suite, non, peut-être, mais demain.

--Demain? Pour qu'elle passe encore vingt-quatre heures seule avec cet infâme? Mais songez donc qu'il m'a dit, à moi, son père, qu'il la battrait quand il serait sûr de n'être pas vu!

Le notaire enfonça son menton dans sa cravate et réfléchit. J'étais lancé, je continuai:

--Et cette séparation, êtes-vous sûr que je l'obtiendrai? Pouvez-vous me garantir que la loi me rendrait ma fille? A ma place, que feriez-vous?

--Je ne suis sûr de rien, répondit le notaire; je ne sais rien; je vous parle comme peut et doit parler un homme calme qui juge les choses de loin; mais si j'étais à votre place, j'ignore absolument ce que je ferais.

--C'est tout ce que je voulais savoir, répondis-je. A présent, parlons de choses pratiques. Pouvez-vous me donner de l'argent?

Tout s'arrangea sans difficulté: mon notaire promit de m'envoyer mes revenus à l'endroit que je lui indiquerais, sous un nom supposé dont nous convînmes ensemble, et je le quittai, sûr au moins de pouvoir aplanir les difficultés matérielles.

Je me rendis alors chez madame Gauthier. En quelques mots je la mis au courant de la situation, et elle approuva sans réserve la résolution suprême que j'avais prise si vite. C'était une femme de tête et de coeur, je le vis bien, car elle renonça à embrasser sa petite-fille, sur la seule observation que je lui fis relativement au danger qu'elle nous ferait courir par cette démarche.

--C'est bien, dit-elle, allez! Seulement, parlez de moi à Suzanne, pour qu'elle ne m'oublie pas!

Je la quittai le coeur serré, mais plein de tendresse reconnaissante pour cette femme vraiment forte dans les moments douloureux. Jusque-là ses défauts m'avaient empêché de rendre justice à ses qualités. Je me promis de réparer mon erreur, si la vie m'en donnait la possibilité.

Je passai ensuite chez moi, et je fis venir Pierre dans le coin le plus reculé de l'appartement.

--Écoutez, lui dis-je, voilà vingt-cinq ans que nous vivons ensemble, vous êtes attaché à ma fille peut-être plus qu'à moi-même, je m'en remets absolument à vous.

Le pauvre Pierre ouvrit de grands yeux et voulut protester de son dévouement, je lui coupai la parole:

--J'enlève ma fille, lui dis-je. Cette nuit, demain au plus tard, on viendra chercher ici madame de Lincy,--vous direz que vous ne l'avez pas vue. On s'informera de moi,--vous ne m'avez pas vu depuis le moment où je vous parle; vous ignorez absolument ce qu'on veut dire, et vous serez, s'il le faut, plus inquiet que personne de ma brusque disparition. Demain, vous recevrez la lettre que voici: vous la mettrez à la poste ce soir avant de vous coucher; dans cette lettre, je vous ordonne de licencier ma maison, et je vous annonce mon intention de ne pas revenir à Paris avant plusieurs années: Vous toucherez chez mon banquier la somme que je vous ai indiquée, vous payerez les gages de chacun et vous fermerez la maison. Après quoi, quand vous aurez laissé passer une quinzaine de jours, vous direz que vous vous ennuyez à Paris, et que vous voulez retourner dans voire pays. De quel pays êtes-vous?

--Je suis de Vaugirard, répondit piteusement le pauvre Pierre.

--Ça ne fait rien, vous direz que vous retournez dans votre pays, à Rouen. Vous prendrez le train à la gare Saint-Lazare. Arrivé à la première bifurcation, vous vous dirigerez sur Orléans,--sans bagages,--et de là vous viendrez nous rejoindre. Dans un mois, je serai à Florence.

--Ah! monsieur, s'écria Pierre en me sautant au cou, moi qui pensais que vous vouliez m'abandonner!

Je répondis de bon coeur à son étreinte, et, chose étrange, ce plan, mûri en voiture, m'avait si bien rendu ma liberté d'esprit, que je souris de son accès d'expansion.

Je lui remis de l'argent pour ses dépenses personnelles, je lui dis sous quel nom il me retrouverait à Florence, je lui défendis de m'écrire, je lui indiquai un faux nom pour lui-même; et, toutes ces précautions prises, je le congédiai en le priant de m'envoyer Félicie.

Avec celle-ci, ce fut bien autre chose: Quand elle apprit que je quittais Paris avec sa jeune maîtresse, elle m'accabla d'un torrent de reproches qui ne me permirent pas de prononcer une parole. Je la laissai me dire autant de choses désagréables qu'elle en put trouver, et quand elle s'arrêta, hors d'haleine:

--C'est très-bien, Félicie, lui dis-je; seulement, vous venez avec nous.

Elle me regarda, vit que je n'avais pas envie de plaisanter, fondit en larmes et s'écria:

--Ah! monsieur, bien sûr, le bon. Dieu vous le rendra!

Je lui ordonnai de partir sur-le-champ, de prendre le chemin de fer d'Orléans et de gagner Maçon par le centre. Là, elle devait nous retrouver, ou avoir de nos nouvelles. Elle écoutait dans le plus profond recueillement, hochant la tête pour prouver qu'elle avait compris, et quand elle eut terminé, elle me dit pour conclusion:

--Alors, monsieur, je m'en vais chez madame pour faire ses malles?

J'eus envie de trépigner, mais je vis que cela ne servirait à rien. Je la fis descendre comme elle était; je la bousculai dans une voiture de place, et je l'accompagnai jusqu'à la gare d'Orléans. Quand elle eut disparu dans la salle d'attente, je poussai un soupir de soulagement et je retournai près de ma fille.

Elle était bien, presque joyeuse, et pourtant comme ployée par le poids d'une grande responsabilité. Je ne me souciais pas de la laisser réfléchir; d'ailleurs le jour baissait, les heures s'étaient rapidement écoulées depuis la scène du matin. Si je voulais partir le soir même pour quelque endroit éloigné, je n'avais plus un moment à perdre. Nous prîmes congé du docteur qui nous jura le secret le plus absolu, et j'entraînai ma fille vers une station de voitures. Je ne voulais pas qu'aucune indiscrétion, même la plus légère, pût trahir le secret de notre fuite.

Au moment où nous montions en voiture, ma fille fit en arrière un brusque mouvement. A deux pas de nous, mon gendre, arrêté sous un réverbère, causait avec un homme mal vêtu, que je reconnus pour un prêteur à gros intérêts. J'entraînai vivement Suzanne dans l'ombre de la voiture, je donnai une fausse adresse au cocher, et cinq minutes après je lui dis de se rendre à la gare de Lyon.

Nous arrivâmes juste au moment du départ. Bien en hâte nous montâmes en wagon, et quand le train s'ébranla, j'ôtai mon chapeau et je passai la main sur mon front. Nous étions sauvés.

--Père me dit tout à coup Suzanne avec sollicitude, tu n'as pas dîné!

--Je n'y songe guère, lui répondis-je. Mais toi?

Elle fit un geste de la main.--Où allons-nous? dit-elle.

--Chez la cousine Lisbeth.

XXXII

J'avais choisi la maison de Lisbeth comme l'asile le plus sûr; personne ne la connaissait à Paris, je n'avais jamais pas d'elle,--et si quelques-uns par hasard savaient son nom, à coup sûr aucun n'avait idée de l'endroit qu'elle habitait. Aux premières lueurs du jour, le train s'arrêta devant une petite gare d'aspect modeste; nous descendîmes, le train repartit sans que nul curieux eût seulement mis la tête à la portière du wagon. Un gendarme et l'employé chargé de recevoir les billets furent les seuls témoins de notre arrivée.

Un petit omnibus jaune attendait les voyageurs,--nous, c'est-à-dire, car nous étions seuls à cette heure matinale. J'y fis monter Suzanne... je m'assis auprès d'elle, et nous voilà roulant vers la petite ville, éloignée de deux ou trois kilomètres. Suzanne n'avait plus rien dit depuis la veillé. Pendant la nuit, chaque fois que j'avais levé les yeux, j'avais vu les siens fixés dans le vide avec une ténacité extraordinaire. Que voyait-elle au delà du drap gris de notre coupé? Qu'allait chercher ce regard, presque dur à force d'être obstiné? Était-ce l'horreur de ses nuits passées qu'elle voyait s'éloigner d'elle à chaque tour de roue? Je n'avais pas osé l'interroger.

La fraîcheur de l'aube la faisait frissonner. A mi-chemin, je fis arrêter l'omnibus devant une route qui menait à une métairie peu éloignée, je pris le bras de ma fille sous le mien, et je tournai le coin d'une haie. Le conducteur de l'omnibus nous cria obligeamment:--Toujours à gauche! puis il fouetta ses chevaux, et la voiture jaune disparut avec un bruit de ferrailles.

Quand je fus assuré qu'on ne pouvait nous voir, je revins sur mes pas et nous prîmes à droite, de l'autre côté de la route. Suzanne, toujours muette, suspendue à mon bras, marchait avec une énergie concentrée qui me faisait mal. Évidemment, si je lui avais dit que le salut était au bout d'une route de cent lieues, elle eût marché du même pas sans se plaindre jusqu'au bout.

--Je voudrais bien t'épargner cela, lui dis-je. Mais il faut dépister les recherches, dans le cas invraisemblable où quelqu'un nous aurait vus descendre.

--Allons, allons, répondit-elle en pressant le pas.

Le ciel était gris clair; la terre labourée, toute brune, fumait à la première tiédeur du jour. Un brouillard d'opale montait doucement en s'éclaircissant vers le ciel, et des flocons de buée s'accrochaient çà et là aux branches des arbres dans l'air immobile. L'herbe des chemins était couverte de rosée, mais la route admirable, comme toutes nos routes de France, était sèche, ferme et sonore sous le pas. Le soleil n'était pas encore levé, vu la saison peu avancée, mais les oiseaux s'appelaient déjà dans les sillons. Je vivrais cent ans que je ne pourrais oublier cette marche matinale dans les champs déserts avec mon enfant reconquise, volée! à mon bras.

Au bout de trois quarts d'heure nous vîmes devant nous la maison de Lisbeth.

Une fumée joyeuse sortait en jolies volutes des hautes cheminées, les vaches mugissaient à l'étable, réclamant la traite du matin. La porte de la cour était ouverte, et la charrue brillante attelée d'un cheval vigoureux, prête à sortir, n'attendait plus que le laboureur. Suzanne me regarda, et je vis à l'expression de son visage qu'elle était contente.

--Cela ressemble à notre chez-nous, dit-elle à voix basse.

Nous avions atteint notre refuge. Je poussai la porte entre-baillée; au fond de la vaste pièce, Lisbeth, dessinée en noir sur le fond clair de la croisée à petits carreaux, triait des écheveaux de lin.

--Cousine Lisbeth, dis-je à haute voix, je vous amène la petite.

La cousine me regarda d'un air effaré, bondit à travers ses écheveaux de lin sans s'y prendre les pieds, et, pleine d'une ardeur juvénile, serra Suzanne dans ses bras.

--Mon Dieu! mon Dieu! dit-elle deux ou trois fois. Elle était si saisie que les paroles ne lui venaient pas. Elle aima mieux nous embrasser que de faire un discours. Quand elle eut renoué le fil de ses idées:

--A pied! dit-elle, et à cette heure-ci! Est-il possible! Attendez, je vais vous faire du café. Où sont vos bagages? Je vais appeler les filles... Je lui mis la main sur le bras.

--Cousine Lisbeth, ne faites pas de bruit; personne ne nous a vus entrer. Personne ne sait que je ne suis pas remarié. Suzanne passera ici pour ma femme.

--Et pourquoi, Seigneur Dieu? fit la cousine épouvantée.

--Parce que j'ai volé ma fille à son mari, parce que le lâche l'a frappée, parce qu'elle en serait morte, et que je veux qu'elle vive!

Les bras de Lisbeth retombèrent à son côté:

--Oh! la pauvre mignonne, dit-elle, c'est donc pour cela qu'elle est si pâle! Vous avez bien fait, cousin. On dira comme vous voudrez, mais je, vais toujours vous faire du café.

Quelle heure bénie que celle qui suivit! Suzanne, déjà remise par ce bon accueil, souriait doucement au fond du vieux fauteuil de tapisserie que Lisbeth avait traîné auprès du feu; une gerbe de flammes gaies et pétillantes, sans cesse avivée par les fagots que la cousine y jetait avec profusion, montait le long de la vieille cheminée luisante de suie: la cafetière de cuivre étincelait; la crème épaisse tremblait dans le crémier de terre brune, et Lisbeth allait et venait avec une activité prodigieuse. Tout à coup un rayon de soleil pénétra par la porte que nous avions laissée ouverte et tomba sur les cheveux d'or de ma fille. Lisbeth fit le signe de la croix, et ses lèvres muettes s'agitèrent un peu:

--C'est une vieille habitude, dit-elle avec un sourire en se tournant vers nous; chaque fois que je vois le soleil au lever du jour, il faut que je remercie le bon Dieu!

Et sa main vigilante ramena les tisons dispersés dans le foyer. Humble coeur, débordant de joie et de reconnaissance, elle trouvait moyen de remercier Dieu à toute heure du jour!

Quand Suzanne eut mangé quelques bouchées de pain, Lisbeth, qui s'était absentée un instant, revint tout essoufflée.

--La chambre de la petite est faite, dit-elle, j'ai mis des draps au lit; elle va aller se coucher.

Suzanne ne se fit pas prier. Elle monta sans faiblesse l'escalier de bois de chêne aux larges balustres noircis et polis par l'usage; elle entra dans la chambre gaie et claire, où les poutres du plafond étaient encore garnies de leurs chapelets d'oignons conservés pour l'hiver; me tendit son front que je baisai, et sourit à Lisbeth qui nous avait suivis...

--Ah! la chère petite, s'écria la bonne cousine, pauvre petite sans mère, qu'elle a dû souffrir pour avoir ces yeux-là!

Et Lisbeth, cachant son visage dans son tablier, s'enfuit en étouffant un sanglot. Suzanne ne pleurait pas:

--Nous serons bien ici, père, dit-elle. Je suis contente d'y être venue.

Je sortis en fermant la porte doucement. Je revins au bout d'un quart d'heure, elle était déjà endormie. Mais sur son doux visage la marque du soufflet se voyait encore en une ligne rouge. Je redescendis sur la pointe du pied, et j'allai retrouver Lisbeth.

--Eh bien! vous ne dormez pas? Votre chambre est pourtant prête aussi, dit-elle en me voyant entrer dans la laiterie où j'avais fini par la rejoindre, après l'avoir cherchée dans toute la maison.

--J'ai trop de choses à vous conter, répondisse. Sommes-nous bien seuls?

--Vous pouvez être tranquille. J'ai envoyé les filles à l'ouvrage, et je leur ai parlé comme vous m'aviez dit. Racontez-moi votre histoire.

C'est dans cette fraîche laiterie, pendant que Lisbeth battait le beurre, que je la mis au courant de ce qui s'était passé depuis ma précédente visite. Elle ne parut pas fort surprise de la conduite de mon gendre, en ce qui touchait les choses d'intérêt; les campagnards peuvent tout comprendre en fait de cupidité: le spectacle des petites rivalités, des jalousies de la province les bronze à cet endroit là; mais, en ce qui touchait le procédé employé par lui pour obtenir de l'argent de Suzanne, je la trouvai incrédule.

--Voyons, cousin, pensez donc, ça n'est pas possible. Il n'y a pas d'homme assez lâche pour commettre une action pareille.

Je finis cependant par la convaincre, et dès lors sa tendresse et sa pitié pour Suzanne ne connurent plus de bornes. Elle n'était pas loin, je crois, de la considérer comme une sainte martyre.

Ma fille dormit pendant une partie du jour; au dîner nous nous trouvâmes réunis. Elle fut gaie, un indifférent eût cru qu'elle avait tout oublié; mais; moi qui la connaissais, je devinais bien que cette gaieté était factice, et je l'interrogeai.

--Que crains-tu? lui dis-je, quand nous fûmes seuls le soir.

--Je crains qu'on ne nous trouve, répondit-elle.

--Ne crains rien, fis-je, heureux de pouvoir la rassurer; ici nous sommes mieux cachés que n'importe où, et d'ailleurs je te jure que quand même on nous trouverait, je ne te laisserais pas emmener. Où tu iras j'irai, et je coucherai en travers de la porte s'il le faut.

Elle m'embrassa avec effusion et s'endormit d'un calme sommeil.

XXXII

[Note du transcripteur: Il y a deux chapitres XXXII. L'erreur de l'édition source n'a pas été corrigée ici.]

Le soleil levant que j'avais dans les yeux me réveilla le lendemain. Je me levai et j'ouvris la fenêtre pour respirer l'air du matin.

--Père, fit la voix de Suzanne, viens ici.

J'entrai dans sa chambre, séparée de la mienne par une cloison de chêne, et je la trouvai dans son lit, accoudée sur son oreiller, rose, souriante, telle que je l'avais vue toute petite. La camisole de Lisbeth, trop grande pour elle, faisait mille plis sur son cou; ses mains fluettes sortaient à grand'peine des longues manches, et elle riait au travers de ses cheveux qui avaient repoussé son bonnet de nuit pendu à son cou.

--Père! dit-elle, c'est comme autrefois! Oh! que c'est bon!

Elle ferma les yeux, s'allongea de toutes ses forces dans le lit de plume rebondi, puis se repelotonna, avec son geste familier, et répéta: C'est bon de vivre!

Une joie immense m'inonda; faible et aveugle père, je n'avais pourtant pas coupé dans sa fleur cette jeune existence si pleine de sève. Elle pouvait encore trouver du plaisir à vivre! Sa chaîne était brisée, nous allions être heureux!

Elle avait sans doute deviné ma pensée, car elle ajouta:

--C'est à présent que je suis heureuse! Chère enfant! Je sentis que j'avais bien fait.

Les hommes et la loi ne pouvaient me donner tort; une voix plus forte que tous les sophismes me criait que j'avais rempli mon devoir en arrachant ma fille à son bourreau.

--Mais ce n'est pas tout, père, dit-elle, j'ai faim. Et puis je ne puis pas me lever, parce que je n'ai pas de robe!

Elle éclata de rire, et ce rire enfantin, naïf, me rappela tout un ordre de souvenirs que nos récentes peines avaient relégués dans le passé. Il me semblait, à moi aussi, redevenir jeune et retourner au temps de sa première enfance!

Lisbeth entra, voyant la porte ouverte:

--Je t'apporte une de mes robes, ma mignonne, dit-elle, pendant qu'on nettoie la tienne; ce serait peut-être un peu long, j'y ai fait un pli.

Je m'en allai pendant que Lisbeth aidait Suzanne à faire sa toilette.

Au bout de quelques instants, j'entendis un concert d'éclats de rire, et Suzanne entra vêtue de la robe de Lisbeth. La jupe n'était pas trop longue, mais la taille avait bien cinq pouces de trop, et Suzanne essayait vainement de s'apercevoir en entier dans les petites glaces de cette antique demeure.

Nous restâmes huit jours chez notre excellente cousine, puis il fallut partir, pour mettre définitivement la frontière entre mon gendre et nous.

J'ignorais absolument ce qui se passait à Paris, aucun journal n'arrivait dans ce coin reculé du monde. Malgré les regrets de Lisbeth, nous partîmes un matin, à l'heure où nous étions venus, mais cette fois dans la carriole de Lisbeth, qui avait voulu nous conduire elle-même. Après que nous fûmes montés dans le train, j'aperçus encore longtemps sa silhouette sur le ciel clair, et je sentis que j'aimais sincèrement la bonne vieille fille.

Quelques heures après, nous étions à Genève, c'est-à-dire à l'abri de la police française; mais ce rendez-vous de l'Europe convenait mal à des gens qui ne veulent pas être reconnus. Après une nuit de repos, nous repartîmes pour le lac de Constance; de là je voulais gagner Munich et ensuite l'Italie.

Cet excès de prudence m'était venu par la lecture des journaux. A Genève, en parcourant les feuilles éparses sur la table de l'hôtel, j'avais lu un entre-filet ainsi conçu:

«Il n'est bruit dans Paris que de la disparition inconcevable d'une jeune femme appartenant au meilleur monde parisien et mariée depuis moins d'un an. On se perd en conjectures sur la cause de cet événement extraordinaire. L'époux abandonné, dans son désespoir, a télégraphié aussitôt à toutes les frontières, mais jusqu'à présent les recherches ont été infructueuses. On commence à croire qu'il pourrait y avoir là un suicide ou même un crime; pourtant, ce qui rend ces suppositions peu vraisemblables, c'est que la disparition de madame de L... coïncide avec celle de son père, qui a occupé anciennement des fonctions importantes dans une entreprise actuellement en voie de grande prospérité.»

Je frémis en lisant ce bavardage indiscret, et je maudis d'abord le reporter qui avait failli nous perdre, puis je me dis que ces lignes étaient trop soigneusement pesées pour ne pas être le produit de la plume de mon gendre. Grâce à notre séjour chez Lisbeth, nous avions éludé l'ardeur des premières recherches; si j'avais tenté de passer la frontière immédiatement, nous eussions probablement été arrêtés; mais, depuis huit jours, la consigne s'était relâchée, et d'ailleurs nous n'étions pas des voleurs, et mon gendre n'offrait pas de prime. Je me réjouis de sa maladresse, mais je me fortifiai dans mon idée de gagner l'Italie par la Bavière.

Quinze jours plus tard nous étions à Florence, comme je l'avais dit à Pierre. Lisbeth s'était chargée de nous envoyer Félicie. Mon vieux valet de chambre vint nous rejoindre en temps convenable, et nous nous trouvâmes tous les quatre parfaitement heureux d'être réunis.

Pierre avait un million de choses à me raconter, et je n'avais pas moins envie de les entendre. Tout s'était passé comme je l'avais prévu, à cela près que les recherches avaient commencé dès huit heures du soir. M. de Lincy, quand nous l'avions rencontré à Paris au moment de monter en voiture, essayait précisément de se procurer de l'argent; et si l'usurier auquel il s'adressait ne s'était pas fait tirer l'oreille, nous aurions été arrêtés à la gare même, avant que j'eusse eu le temps de prendre nos billets.

Par bonheur, en rentrant chez lui pour l'heure du dîner et en apprenant que sa femme n'avait pas reparu depuis la scène du matin, il avait commencé par la faire demander chez moi, puis chez sa grand'mère, et ce n'est qu'en apprenant que moi aussi j'avais disparu, qu'il s'était douté de la vérité.

Cependant il avait fait faire une perquisition à mon domicile et à celui de ma belle-mère pendant la nuit de notre départ, et ne s'était réellement convaincu de notre fuite qu'au bout de vingt-quatre heures.

Pierre me fit un récit détaillé de sa fureur. «Je suis joué! n'avait-il cessé de répéter, et je suis persuadé que la blessure de son amour-propre saignait presque autant qu'elle de sa cupidité. Comment, en effet, expliquer la disparition de sa femme? Les moins méchants se contentaient de sourire, et la supposition la plus naturelle était qu'un plus heureux avait supplanté M. de Lincy dans le coeur de sa femme. Cette hypothèse n'ayant rien de flatteur pour un homme qui tenait avant tout à retenir sa femme au domicile conjugal, il avait donné aux journaux la petite note que j'avais lue. Il ne lui plaisait pas beaucoup plus d'avouer que le père pouvait avoir enlevé sa fille, mais au moins, de la sorte, l'honneur était sauf, et la faute retombait tout entière sur moi... qui avais si mal élevé mon enfant!»

Le monde n'avait parlé que de cet enlèvement pendant deux jours; puis, un cheval célèbre s'étant cassé la jambe, on avait cessé de s'occuper de nous pour aller prendre des nouvelles de l'illustre blessé. Seul, M. de Lincy cherchait toujours, et cherchait d'autant mieux que, Suzanne lui ayant refusé de l'argent précisément au moment de notre fuite, il était fort mal en point.

Pierre me raconta ces nouvelles avec l'expression d'une satisfaction profonde, et conclut en disant:--Je ne voudrais pas dire que monsieur peut avoir eu la main malheureuse: je crois même qu'à la place de monsieur j'aurais fait le même choix;--mais quand j'ai vu le gendre de monsieur aller à la messe avec un domestique pour lui porter son paroissien, je me suis dit que cela finirait mal.

Tout le monde était content, sauf Félicie qui trouvait le beurre détestable, et qui se plaignait «du baragouin de ces femmes noires qui, crient toujours». Avec le temps elle finit par se faire, au baragouin, mais elle ne put jamais s'accoutumer au beurre italien.

XXXIII

Suzanne revenait rapidement à la santé, ses joues se rosaient, la vilaine marque rouge avait disparu depuis bien longtemps, mais je la voyais toujours, moi; pourtant, ses beaux yeux bleus, rendus à leur douceur première, me souriaient comme aux temps heureux de son enfance. Un jour qu'après une longue promenade en calèche nous revenions ensemble par les faubourgs, Suzanne avait sur les genoux un gros bouquet de fleurs d'oranger cueilli à quelque villa des environs, les lumières lointaines piquaient de clous d'or le fond gris de la ville, où quelques clochers se détachaient visibles encore. Ma fille me dit avec un soupir de béatitude:

--Père, j'avais toujours rêvé de faire avec toi ce voyage d'Italie... Il me semble que je n'ai jamais été mariée.

Elle jouait avec son bouquet; ses yeux tombèrent sur les fleurs symboliques, et elle fit un mouvement comme pour écarter une pensée importune.

--Qu'y a-t-il? lui dis-je anxieux, car chacune de ses paroles ne me révélait plus comme autrefois la direction de ses pensées. Il y avait un an, un an seulement que nous ne parlions plus absolument à coeur ouvert, un an que cet étranger qui me l'avait volée s'était placé entre elle et moi.

--Je pense, dit-elle, que ce que je viens de dire n'est pas juste. J'ai été mariée, je le suis encore... J'ai juré d'aimer et de respecter mon mari...

Elle prononça ces mots avec tant d'amertume que j'en fus navré. L'obscurité m'empêchait de voir son visage, elle continua:

--Je suis mariée et je n'ai pas de mari, je méprise et je hais celui à qui je suis liée pour la vie;--quel étrange mariage est celui-ci. Et pourquoi suis-je condamnée à porter toujours le nom d'un homme indigne de moi? Et pourquoi, moi qui n'ai jamais fait le mal, suis-je exilée à jamais de mon cher pays, tandis que celui qui m'a torturée depuis le premier jour est heureux et considéré dans sa patrie?

Elle parlait sans colère, sans passion; ces questions redoutables se succédaient les unes aux autres comme entraînées par leur propre poids. On eût dit que pour la première fois de sa vie elle allait jusqu'au fond de ce mystère interroger sa destinée.

Que pouvais-je lui répondre? Je restai muet. Elle reprit de la même voix égale et lente, mais avec un peu d'amertume:

--Je suis une honnête femme: depuis le jour où M. de Lincy m'a emmenée chez lui, jusqu'à celui où il s'est conduit comme un lâche, j'ai fait de mon mieux pour l'aimer. Si je n'ai pas réussi, ce n'est pas de ma faute, car jusqu'au jour de mon mariage, j'ai eu de l'amitié pour lui; j'ai été économe et soigneuse de son bien, j'ai été soumise à ses ordres et même à ses caprices, je n'ai eu ni fantaisies ni rébellions, j'ai même sacrifié à ses goûts le voeu le plus cher de ma vie, qui était de vivre auprès de mon père. Il s'en disait jaloux, j'ai cédé sans me plaindre... je n'ai: rien à me reprocher, rien qu'une aversion insurmontable pour lui comme époux, tandis que je l'acceptais comme ami....Pourquoi est-ce lui qui est considéré dans le monde, le monde qui me jette la pierre? Pourquoi est-ce moi qui me cache et lui qui me cherche, moi que la loi condamne et lui qu'elle soutient?

Ici, pas plus qu'avant, je ne pouvais répondre. Je pressai la main de Suzanne, devenue fiévreuse tout à coup.

--Père, continua-t-elle, quand une femme éprouve pour son mari le dégoût le plus violent, quand la vue seule de cet homme la fait trembler de crainte et de colère, est-elle obligée de lui obéir, de se soumettre à ses caprices?

Forcé de répondre, je répondis:--Oui.

--Et quand ce mari, qui ne sait pas se faire aimer, qui ne sait même pas se faire estimer, va chercher près de femmes ignobles les plaisirs de la débauche, est-il vrai que sa femme, jeune et élevée dans la chasteté, soit forcée d'accepter le rebut de ses caresses?

Je n'eus pas le courage de répondre.

--Mais alors, dit Suzanne en tournant vers moi son visage empourpré par la honte, où ses grands yeux lançaient des éclairs d'indignation, si moi aussi je foulais aux pieds le respect de la foi jurée, si je m'avilissais comme il s'avilit, c'est encore lui que le monde plaindrait, et moi qui serais condamnée?

--Oui, dis-je en baissant la tête.

--Mais il m'a prise innocente au foyer paternel, où jamais l'ombre du mal n'avait effleuré ma pensée; c'est lui qui dès le premier jour a voulu m'entraîner dans la fange, et c'est moi qui serais responsable de ma chute? Non, non, non! s'écria-t-elle en tendant les bras vers les étoiles, je demande justice devant le ciel sourd et muet! Je demande justice de cet homme, qui fut mon bourreau sans pouvoir m'abaisser!

Elle se laissa retomber épuisée. Je serrai son châle autour d'elle. Le pas égal des chevaux retentissait sur la route déserte, le cocher italien ne s'occupait pas de nous. Suzanne reprit faiblement:

--Tantôt, dans le village que nous avons traversé, il y avait une jeune mère qui allaitait son enfant. Le père, tout à côté, clouait des douves à son tonneau, deux autres petits jouaient à terre; l'as-tu vu?

J'avais remarqué ce joli tableau, et mon coeur s'était serré pour elle à la vue de ce bonheur qu'elle devait ignorer.

--Voilà la famille, dit-elle; le père regardait les enfants avec bonté; la mère avait l'air heureux; quand les yeux des époux se sont rencontrés, j'ai vu qu'ils s'aimaient... Oui, c'est ainsi qu'on s'aime, je le comprends, c'est ainsi que tu aimais ma mère! vos deux existences n'en faisaient plus qu'une, et chacun de vous n'eût pas voulu du paradis s'il avait dû quitter l'autre pendant une heure pour y entrer! Et moi! moi... qui ne serai jamais aimée, moi qui ne serai jamais mère!

Elle appuya sa tête sur mon épaule et pleura longuement.

Jusqu'alors j'avais espéré que sa jeunesse la défendrait de ces tristes réflexions, je m'étais dit que peu à peu la vie, lui apportant la sagesse, adoucirait les regrets,--j'avais compté sans l'éducation virile et sérieuse que je lui avais donnée. Dès l'enfance, je l'avais habituée à considérer le fond de chaque chose, à se rendre compte de ses droits et de ses devoirs: ici comme ailleurs, mon ouvrage tournait contre moi, et ce que j'avais fait pour la rendre heureuse la condamnait à l'éternelle douleur!

--A ce monde de convention, pensais-je, il ne faut que des poupées de salon. J'aurais dû l'élever au Sacré-Coeur, comme le désirait ma belle-mère. Elle se serait parfaitement arrangée de M. de Lincy; ils auraient fait un ménage modèle!

Suzanne était ma fille, ma vraie fille vaillante et résignée. Elle s'essuya les yeux. Nous entrâmes dans la ville, elle reprit sa place dans le fond de l'équipage, puis elle prit ma main qu'elle garda dans la sienne.

--Malgré tout, père, dit elle, ne va pas croire que je te rende responsable des erreurs de M. de Lincy; je l'ai accepté de mon plein gré, donc c'est moi seule qui l'ai voulu ce mariage. Je suis trop heureuse d'avoir pu te donner quelques semaines de tranquillité, et pour ma consolation, cher père, je veux croire et je crois que c'est ce repos moral qui t'a sauvé la vie.

Je ne pouvais pas lui ravir cette dernière illusion. Je la lui laissai donc, et à partir de ce jour elle trouva une grande douceur à m'entretenir de mon rétablissement, à me demander quand et comment je m'étais senti mieux, et à faire coïncider ce mieux avec l'époque de son mariage. Il ne fut plus question entre nous de la condition bizarre où elle se trouvait vis-à-vis du monde. Nous vivions seuls, très-retirés, servis par nos fidèles domestiques. Elle était gaie, elle se disait heureuse. Seul je savais quel ver rongeur se cachait dans ce beau fruit, mais je gardais ma douleur pour moi. Quand j'écrivais à ma belle-mère par l'entremise de Lisbeth, qui mettait à la poste toutes mes lettres, je ne lui parlais que de la santé meilleure de Suzanne, et j'appris qu'elle aussi se réjouissait de ma résolution désespérée.

Une de ses lettres me donna des détails nouveaux, bien que prévus, sur mon gendre.

«Imaginez-vous, m'écrivait-elle, que le coquin se prélasse et vit à peu près maritalement avec qui? Je vous le donné en mille!... Avec mademoiselle de Haags. Celle-ci, après différentes fugues à l'étranger, notamment à Vienne, a trouvé un prince à plumer. Elle s'en est acquittée en conscience, et maintenant elle mange ce plumage avec votre gendre. Elle va débuter ces jours-ci sur une de nos scènes lyriques: il faut voir le mal que Lincy se donne pour lui faire un succès. C'est positivement monstrueux! Qui eût pu croire cela d'elle! Vous souvenez-vous, mon ami, que dans un moment où j'avais la berlue, j'avais pensé à vous la donner pour femme? Ce dernier coup me prouve que vous ne fûtes point, en mariant Suzanne à ce monsieur, aussi coupable que je l'avais présumé. Mais cette demoiselle de Haags! Cela me passe! Elle avait reçu une si bonne éducation et de si excellents principes!»

Je ne partageais pas l'étonnement de ma belle-mère. Ces belles éducations et ces excellents principes ne peuvent donner, suivant les natures, que d'admirables résultats, ou de très-mauvais. Et certainement mademoiselle de Haags n'était point prédestinée à donner les premiers.

Comme me l'avait prédit le docteur, j'eus pendant les chaleurs de juin une abominable attaque de rhumatisme, et je souffris autant que le cher homme pouvait le désirer pour faire un excellent dérivatif. Cette maladie me fut douce cependant, car Suzanne était ma garde-malade, et je croyais remonter au bon temps passé, quand j'avais cru mourir une première fois. Elle y songeait aussi, et bien souvent elle vint s'asseoir auprès de moi, et posant sa main souple et caressante sur mon front fiévreux, elle me dit de sa voix d'enfant:

--Père, c'est tout comme autrefois,--je suis bien heureuse!

Mais elle avait beau me le répéter, je savais bien qu'elle mentait encore, et souvent, dans mes nuits d'insomnie, je me dis que sa mère ne serait pas contente de moi, qui n'avais pas su tenir ma promesse, et rendre Suzanne heureuse!

XXXIV

Deux années s'écoulèrent pendant lesquelles un calme profond s'étendit sur nous; j'avais vieilli rapidement pendant les six premiers mois, puis ma santé s'équilibra peu à peu, j'eus aux changements de saison de bonnes attaques de rhumatisme, je devins un hygromètre de premier ordre, prédisant de par mon genou gauche les moindres symptômes d'humidité dans l'atmosphère, et à cela près je restai un monsieur décidé à vivre très-longtemps et le mieux possible.

Suzanne m'éblouissait, malgré les retours fréquents que je lui voyais faire sur elle-même, dans la torpeur muette des longues après-midi d'été. Elle avait repris son développement si malheureusement interrompu par son mariage. Je voyais ce corps jeune et frêle passer doucement, sans secousses, à la maturité éclatante de vingt ans: le visage s'était arrêté à des contours précis taillés dans un marbre vivant et transparent, les lignes de toute sa personne s'étaient remplies, des courbes harmonieuses remplaçaient les formes un peu grêles de l'adolescence. Quand je la voyais venir à moi avec son sourire adorable, ses yeux désormais pensifs, même au milieu de leur joie naïve, ses mains blanches et fines nouées sous une gerbe de fleurs:

--Qu'adviendra-t-il, me disais-je, de cette beauté rayonnante, de cette fleur-de jeunesse? Va-t-elle se dessécher lentement comme les arbres qui ne donnent point de fruit? Faut-il que cette admirable créature, si bien faite pour inspirer l'amour, ne doive ni le permettre ni le ressentir?

Et un vague chagrin de grand-père me saisissait le coeur. Il me semblait qu'auprès du berceau des enfants de Suzanne j'eusse retrouvé les douceurs oubliées de ma jeunesse évanouie.

C'était à M. de Lincy que je m'en prenais dans ces heures de tristesse: à force de le mépriser, je venais parfois à bout de le plaindre. Pauvre homme en effet que celui qui n'avait pas su respecter en Suzanne l'épouse accomplie, adorable, qui fût éclose sous ses yeux, s'il l'eût voulu! J'aurais désiré parfois qu'il la vît telle qu'elle était devenue, afin de l'écraser de ses perfections, et de le chasser ensuite honteusement du paradis qu'il s'était fermé lui-même.

Cependant, je ne pouvais lui en vouloir beaucoup, car il nous laissait bien tranquilles; ma belle-mère me parlait rarement de lui, et jamais pour lui donner des louanges, il est superflu de le dire. Mon notaire m'écrirait qu'il touchait régulièrement les vingt-cinq mille francs de rente de Suzanne. Quant à celle-ci, il ne s'en préoccupait plus et semblait avoir oublié son existence. Par quel prodige avait-il trouvé un radeau pour surnager dans son océan de dettes? Je ne l'ai jamais su, et, du reste, je n'ai jamais cherché à le savoir.

Nous étions depuis deux ans à Florence; il y faisait bien un peu chaud l'été, mais notre villa, moitié ville et moitié campagne, avait de grandes salles fraîches, presque humides, et dans le parc une grotte,--tout à fait humide, celle-là,--où nous bravions les rayons du soleil. Suzanne me paraissait supporter le printemps moins bien que de coutume, et je lui avais déjà proposé deux ou trois fois de voyager pour changer d'air; mais je n'avais jamais obtenu que des réponses vagues.

Un soir qu'elle me paraissait plus alanguie, je lui demandai sérieusement ce qu'elle éprouvait:

--Tu sais bien, lui dis-je, que je n'ai d'autres désirs que les tiens; je vois que Florence t'ennuie, que veux-tu? Quel pays te tente? Fût-ce le Niagara, nous irons, malgré mon horreur pour les voyages sur mer, ajoutai-je en riant, afin de tempérer ce que mon adjuration pouvait avoir de trop grave.

--Le Niagara, murmura-t-elle en souriant. Pourquoi pas? Mais c'est bien loin!

--Nous avons la Grèce, l'Asie Mineure... veux-tu aller au Caire? Mais il va faire bien chaud... Veux-tu que nous allions à l'île de Wight? Précisément le docteur, dans sa dernière lettre, te conseillait l'air de la mer... Veux-tu Jersey, Guernesey?

--Les îles anglaises... répondit Suzanne de la voix lente et endormie de ses jours de découragement; non... pas les iles anglaises... mais un pays où les prairies sont entourées de grands arbres, où les chemins ont l'air de vous connaître, où l'on ne voit plus ces éternels cyprès, ces éternels peupliers qui me rendent malade... un pays où l'on parle la chère langue maternelle... Oh! père, la France! la patrie!...

Elle me tendait ses mains suppliantes, et ses yeux débordèrent de larmes longtemps retenues.

Très-troublé, je m'approchai d'elle. Je caressai ses cheveux, je baisai son front brûlant... elle avait la fièvre...

--Père, dit-elle tout bas, voilà six mois que je le cache, mais je meurs du mal du pays, il faut que je retourne en France! Je n'ai pas voulu te le dire, je savais à quelles craintes j'allais t'exposer, mais je ne puis plus supporter ce désir qui me tue... Cette langue italienne me fait horreur. C'est mon pays que je veux, et si je dois mourir de chagrin où de nostalgie, j'aime mieux mourir sur la terre de France!

Elle parlait vite maintenant, et ses larmes coulaient vite aussi; ce pauvre coeur toujours déchiré, toujours saignant, toujours comprimé, s'épanchait enfin, avec la douceur douloureuse de la liberté longtemps désirée. Elle parla longtemps, et à la fin de chaque phrase revenait le nom de la patrie aimée, qui l'appelait si haut!

Je lui fis toutes les représentations possibles; j'eus recours à tous les raisonnements, mais en vain. Elle acquiesçait à tout, approuvait tout, et répétait pour conclusion: Je veux revoir la France!

--Veux-tu, lui dis-je un jour, à bout de force, veux-tu que nous allions dans le Midi, quelque part près de la frontière d'Espagne, afin de nous enfuir à la moindre alerte?

Elle secoua la tête.

--C'est une autre Italie, dit-elle, pas de verdure fraîche, ni de petits ruisseaux, d'eau vive... on n'y parle pas français avec le cher accent traînant de nos provinces...

Nous ne pouvions pourtant pas nous en aller de ville en ville, au risque d'être reconnus par quelqu'une de mes nombreuses relations. Ce n'était pas pour Suzanne que je craignais; elle avait tant changé que des indifférents l'auraient vue passer sans songer à madame de Lincy; mais moi, j'étais parfaitement reconnaissable! J'hésitai longtemps; enfin je me rappelai qu'un jour Maurice Vernex m'avait parlé d'un village en pays perdu, sur la côte normande, où il avait passé, disait-il, les quinze journées les plus délicieuses de sa vie. Je me procurai une carte, des guides... peine perdue, le nom de cet endroit béni ne s'y trouvait pas.

Nulle recommandation ne valait celle-là, pour nous. Je me fis envoyer plusieurs cartes du dépôt de la guerre, et je me mis à suivre avec une épingle les sinuosités de la côte en déchiffrant à grand'peine les noms pressés les uns sur les autres. Après une heure de patientes recherches, mon épingle s'arrêta sur un petit point noir, un hameau, dix maisons tout au plus... J'avais trouvé notre refuge; mais je me gardai bien de faire part de ma découverte à ma fille. Dans son impatience, elle eût voulu partir le soir même, et c'était l'époque où les Parisiens frileux s'en viennent chercher le soleil en Italie, pendant que le mois de mai les boude à Paris. Je me dis que je retarderais le plus possible ce voyage, m'estimant heureux de la certitude de garder Suzanne aussi longtemps que je serais de l'autre côté de la frontière.

Nous étions devenus très-braves, et nous sortions désormais en plein jour; deux ans de sécurité nous avaient rendus téméraires. Tout le monde nous connaissait sous le nom du «vieux monsieur anglais avec sa jeune femme», et même les marchandes de fruits du marché aux herbes nous saluaient d'un sourire amical lorsqu'elles nous voyaient passer. Un jour, tard dans l'après-midi, nous revenions de faire quelques emplettes au centre de la ville, notre calèche se trouva arrêtée par un embarras de charrettes. Une autre calèche, qui venait par une rue latérale, se trouva près de nous; une femme dont le visage était caché par son ombrelle causait haut, sans se gêner et en français, avec un homme qui ne nous présentait que la raie du derrière de sa tête.

Au moment où le groupe confus dont nous faisions partie commençait à s'ébranler, la dame en question releva son ombrelle, jeta un regard autour d'elle, me regarda avec stupéfaction, et s'écria à pleine voix:

--Dites donc, Paul, votre beau-père!

Avec l'imprudence inévitable en pareil cas, Suzanne et moi, au lieu de nous détourner, nous regardâmes le monsieur interpellé qui se retourna vivement de notre côté, et nous fit voir la figure fatiguée, mais irréprochable, de M. de Lincy.

Il fit un mouvement si brusque, son visage exprima une joie si féroce, que je m'élançai involontairement en avant pour protéger Suzanne de mon corps. Heureusement notre cocher, voyant enfin la route libre et voulant regagner le temps perdu, fouetta vivement ses bêtes qui partirent, moitié trot, moitié galop. Les sons aigus de la voix de la femme à l'ombrelle m'arrivèrent de loin, et je crus discerner quelque chose comme une altercation. Mais je n'avais pas un instant à perdre. Je fis faire plusieurs détours au cocher, et nous arrivâmes chez nous.

--Reste là, dis-je à Suzanne en l'enfermant dans sa chambre à coucher. Je pris tout mon argent, mon nécessaire de voyage, celui de Suzanne, qui renfermait ses bijoux et nos papiers; je dis à Pierre de nous suivre immédiatement à la gare, ainsi que Félicie, en abandonnant tous nos effets, et je remontai dans la calèche avec ma fille. Nos deux serviteurs s'arrangèrent de leur mieux auprès du cocher, et nous quittâmes ainsi la villa hospitalière qui nous avait abrités deux ans.

J'avais fait prendre un détour qui me permettait de voir la villa en repassant sur une route en contre-bas... et j'eus la satisfaction d'apercevoir une autre calèche contenant mon gendre et deux personnages que je ne pus définir, gens de la police ou employés du consulat, qui s'arrêtait devant la porte de notre demeure. Ils sonnèrent à tour de bras, et longtemps sans doute, car les aboiements d'un chien me poursuivirent longtemps. Nous gagnâmes la gare, et nous prîmes le premier train de banlieue. La direction nous importait peu, l'essentiel était de quitter cette ville devenue dangereuse pour nous.

Suzanne très-effrayée, très-pâle, me serrait fortement le bras, Félicie, qui avait gagné quelques habitudes italiennes, faisait de temps en temps un grand signe de croix... Quand nous fûmes en wagon, Suzanne me dit:

--Où allons-nous, père?

Son visage exprimait une inquiétude si poignante que je ne pus y tenir plus longtemps.

--En France! répondis-je.

Un cri de triomphe partit des trois poitrines haletantes qui attendaient ma réponse, et les trois paires d'yeux me remercièrent par des larmes de joie.

Le lendemain nous étions à Nice, où je ne fis que passer. Nous ne fûmes point inquiétés à la frontière. Mon gendre, bien sûr, ne nous cherchait point de ce côté.

Arrivé près de Paris je déposai Suzanne avec nos domestiques dans un hôtel de la banlieue, et j'allai voir notre docteur nuitamment comme un voleur. Il approuva mon projet, loua fort mon énergique résolution et m'assura que, dès lors, nous pouvions rester en France sans être inquiétés.

--Comment voulez-vous, dit-il, qu'on vous cherche là où vous allez. Je ne crois pas que personne connaisse le nom de ce trou-là. Seulement ce ne sera pas très-habitable l'hiver!

--L'hiver est loin! dis-je gaiement, nous retournerons en Italie, ou en Espagne, ou à Malte. Le monde est grand, et Suzanne n'aura pas toute sa vie le mal du pays.

--Je doute même fort, reprit le docteur, qu'elle l'ait une seconde fois! On n'a guère cette maladie-là qu'une fois, et dans l'extrême jeunesse. Plus tard, on se bronze!

Notre ami étouffa un soupir; peut-être se croyait-il trop bronzé; mais il se trompait en ce cas, car son vieux coeur était aussi jeune que le nôtre.

J'aurais voulu voir aussi le notaire, mais je considérai l'entreprise comme trop périlleuse, et j'y renonçai. D'ailleurs, je craignais vaguement qu'il ne fût arrivé quelque malheur à Suzanne. Je me hâtai de retourner à l'endroit où je l'avais laissée. Tout était pour le mieux; elle dormait encore, car j'avais passé une partie de la nuit à causer avec le docteur, et j'étais revenu par le premier train.

Nous partîmes ensemble tous quatre sans passer par Paris, et douze heures après nous débarquions dans une petite ville de Normandie, si tranquille que l'herbe y pousse entre les marches des escaliers, sur les perrons des hôtels et jusque dans le marché aux chevaux.

Après une nuit passée à nous reposer de ce voyage précipité, nous montâmes dans une lourde voiture jaune qui rappela à Suzanne l'ancien omnibus du chemin de fer dans lequel nous avions promené Lisbeth. Vers le soir, la patache en question nous déposait sur la place d'un village où il y avait bien cinq maisons groupées autour d'une vieille église surmontée d'un clocher à bâtière, c'est-à-dire un toit de schiste à deux versants très-inclinés, assez semblable, en effet, à un bât de cheval ou de mulet.

Quelques femmes étaient venues pour réclamer leurs commissions au conducteur, sorte de messager rural; on tira de la patache une quantité de choses étranges, des petits barils pleins d'huile, de vinaigre, de liquides variés, des sacs d'avoine ou de farine, des morceaux de viande fraîche enveloppés de feuilles de chou, des paniers vides, enfin un nombre prodigieux de colis hétéroclites, bien que je cherchasse vainement à découvrir l'endroit où ils avaient été précédemment cachés aux regards.

Quand tous les petits barils et les quartiers de viande eurent trouvé leurs destinataires, non sans quelques litiges, une femme avenante, proprement vêtue, s'approcha de nous, prenant en pitié notre air emprunté. De fait, nous devions être passablement gauches, car nos yeux suivaient avec une sorte de regret la voiture jaune, qui s'en allait plus loin peupler le pays de petits barils et de sacs de toile mystérieux.

--Qu'y a-t-il pour le service de ces messieurs et de ces dames? nous dit l'hôtesse en français très-acceptable, malgré l'accent du pays. Une jolie chambre peut-être et un souper?

--Quatre jolies chambres et quatre soupers, répondis-je, retombant dans la réalité.

Les chambres étaient propres et fraîches malgré leurs affreuses lithographies de la Restauration encadrées dans des cadres de bois noir; en attendant le repas, je me mis au courant des aventures de Télémaque et de celles non moins véridiques de la belle Zélie, représentée avec un corsage bleu et un jupon ronge, dans l'acte de reprocher à un perfide l'abandon le plus immérité.

Le souper fut servi, et nous mangeâmes tous à la même table. La frugalité, mais non la parcimonie, présidait à ce repas, arrosé de cidre encore potable. Pierre fit la grimace; je l'avais accoutumé à boire de bon vin,--mais, en nous voyant boire courageusement, il prit le parti d'en faire autant, et je n'ai pas ouï dire qu'il s'en soit trouvé plus mal.

--Ces messieurs et ces dames sont venus pour voir l'endroit? nous demanda l'hôtesse en desservant la table.

--Oui, et pour respirer l'air. La mer est-elle loin?

--A un petit quart de lieue; c'est à Faucois que vous la trouverez.

--Y a-t-il une auberge à Faucois?

--Ah! seigneur Dieu, non, bien sûr!

Je n'y étais plus du tout, et je commençais à accuser Maurice Vernex d'avoir fait comme tous les voyageurs anciens et modernes, lorsque l'hôtesse ajouta:

--Mais il y a une maison à louer, une belle maison de six appartements, avec jardin, une écurie et une étable... Ça sera peut-être un peu humide, parce que voilà deux ans qu'on ne l'a louée... Mais si ces messieurs veulent voir...

Je tenais mon rêve! Le lendemain dès l'aube j'étais dans la belle maison de six appartements, ce qui voulait dire en langue vulgaire six pièces, et, le mètre à la main, je toisais et retoisais la place du lit, des chaises, des armoires... Une heure après, Pierre était en route pour la ville déserte avec le chariot de l'hôtesse, et le soir même, pendant qu'un bon feu de bois de charme brûlait dans les cheminées pour les assainir, nous couchions dans nos meubles.

XXXV

Je fus réveillé par les cris joyeux de Suzanne, et je me trouvai bientôt auprès d'elle.

--La mer, disait-elle, vois donc, père, la voilà en face de nous sous la fenêtre! On dirait qu'il n'y a qu'à ouvrir la porte pour y tremper ses pieds!

En effet, la veille, tout occupés des arrangements intérieurs, nous n'avions pas songé à regarder par les fenêtres.

Un panorama splendide se déroulait devant nous. En face, la mer, d'un bleu foncé intense, qui faisait mal aux yeux, au-dessus, le ciel d'un bleu plus pâle, doux et tendre; à droite et à gauche, deux bras de rochers roux qui enserraient une baie merveilleuse, si parfaite qu'elle avait l'air d'un décor d'opéra; des falaises tantôt rocheuses, tantôt couvertes d'herbe drue et de hautes fougères; quelques arbres pittoresques auprès de nous; à nos pieds, un ruisseau d'eau vive qui traversait Je jardin avec un bruit de cascatelle, et sous la fenêtre, de grandes plates-bandes de juliennes blanches qui embaumaient l'air. Un bruissement d'abeilles affairées remplissait l'atmosphère fraîche et tiède à la fois, où le vent avait la douceur du velours et la force vivifiante du bain salé.

--C'est prodigieux! murmurai-je. Maurice Vernex ne m'avait pas trompé.

--C'est lui qui t'avait enseigné ce nid? dit vivement Suzanne en se tournant vers moi.

--Oui, il y a longtemps; je l'avais oublié, et puis, quand tu as parlé de revenir en France, je me suis rappelé le nom de ce pays étrange et sauvage.

Suzanne ne répondit rien; mais une expression de joie et de gratitude passa sur son visage expressif.

--C'est un bon garçon, dit-elle, il ne nous est jamais venu de lui que du bien. Te rappelles-tu ce triste hiver à Paris, comme il venait souvent te désennuyer?... Nous avons passé alors de bonnes soirées.

Elle devint pensive, et moi, craignant de la voir revenir aux pénibles souvenirs de ce passé douloureux, je détournai la conversation.

--C'est un pays superbe que celui-ci, dis-je, mais que mange-t-on dans ce paysage de féerie? Il n'y a pas de boutiques, il n'y a pas même de marchands...

--Il y a toujours des poulets et du beurre, répondit Félicie qui accourait un volatile dans chaque main; si vous voulez vous plaindre de la nourriture, monsieur, vous allez nous rendre bien malheureux!

C'était sa manière à elle de rassurer les gens inquiets. Je la laissai dire. Du reste, grâce à son activité et à sa prévoyance, nous eûmes toujours un ordinaire confortable.

Le ciel et l'Océan aux teintes changeantes, les falaises qui prenaient un air riant ou sévère suivant les heures du jour, les sentiers étroits tapissés de fleurs sauvages, où la mer apparaissait soudain par un trou dans la haie, les pentes gazonnées et les bois pleins d'ombre, faisaient de cette vie un enchantement perpétuel. Jamais je n'avais rêvé tant d'eaux courantes, de vallées, de pelouses, de points de vue divers et charmants; le besoin de poésie que tout homme apporte en lui et qui dort pendant les années de lutte, cet élan vers tout ce qui est beau, se traduisait en moi par un enivrement complet. D'autres se mettent à collectionner des bibelots, quelques-uns achètent des tableaux, le plus grand nombre s'en va à la campagne; mais je ne crois pas que nul ait jamais plus ou mieux joui de la poésie des choses que moi, à ce moment de la vieillesse commençante.

Je ne sais si Suzanne partageait mes impressions parce qu'elle était ma fille, ou bien si son tempérament et ses études l'avaient prédisposée aux mêmes rêveries, mais elle absorbait la vie par tous les pores et tombait dans des extases délicieuses devant les merveilles que la nature jetait à pleines mains autour de nous.

Pour la première fois nous étions dans un véritable désert. Jusque-là, la solitude n'avait été que fictive; à la campagne, chez nous, les paysans du village, les journaliers, le personnel de la maison formaient une sorte de société qui nous entourait sans nous toucher. A Florence, nous ne parlions à personne, mais nous voyions des hommes; le mouvement d'une grande ville nous empêchait de sentir notre isolement. Ici, le plus féroce misanthrope eût trouvé la satisfaction de ses goûts. Les quelques paysans de notre hameau étaient toujours au travail dans les champs; à peine à midi ou le soir les voyait-on passer. On échangeait un salut, parfois une parole, car ces gens étaient très-sociables. Leur aisance relative leur donnait le sentiment de l'égalité vis-à-vis de nous. Les paysannes ne causaient guère qu'avec Félicie; parfois Suzanne entrait dans une maison, caressait un enfant et sortait aussitôt. Là se bornaient nos relations extérieures.

Notre maison, ancien corps de garde de douaniers, était en pierres de la falaise, schiste et granit; des rosiers blancs la tapissaient extérieurement; Suzanne y avait tendu à l'intérieur quelques centaines de mètres de perse, et avec les meubles primitifs que nous avions achetés à la hâte, nous nous étions installé un refuge très passable. Il n'y manquait qu'un piano, et je n'osais en faire venir un de la ville, de crainte d'attirer l'attention des villages environnants. Suzanne s'était rendue à cette raison; nous nous promettions d'en avoir un «l'année prochaine», quand on se serait assez habitué à nous pour ne plus remarquer nos fantaisies. Elle se contentait de chanter sans accompagnement, le plus souvent au grand air, et ces exercices répétés, loin de lui gâter la voix, avaient donné à son timbre déjà riche et velouté une puissance extraordinaire.

J'avais fait venir des livres, des couleurs, du papier; nous faisions, ma fille et moi, de détestables aquarelles d'après nature; et si quelque chose pouvait consoler Suzanne des siennes, c'était la contemplation des miennes.

--C'est un rocher, ça? me dit-elle un jour, après avoir admiré longuement une de mes esquisses.

--Où donc?

--Là, dans le coin.

--Oh! fis-je indigné, comment peux-tu prendre cela pour un rocher?

--Un tronc d'arbre, alors?

--Du tout! c'est une vache rousse. Suzanne se laissa tomber sur le gazon en proie au fou rire le plus contagieux. Quand elle eut repris un peu de calme:

--Sais-tu, père, me dit-elle, que, pour ce que nous faisons, nous serions peut-être plus sages de nous abstenir? La muse de la peinture ne nous a point regardés d'un oeil favorable.

--J'en conviens, répondis-je, mais que veux-tu que nous fassions? Il faut bien passer le temps à quelque chose.

Elle devint si grave que je me repentis d'avoir parlé. Je n'étais jamais sûr de ne pas atteindre sans le savoir quelqu'une des fibres blessées de son âme.

--A Paris, murmura-t-elle, nos journées étaient toujours trop courtes!

Elle poussa un soupir, et je lui fis écho. C'est que Paris est un foyer de lumière électrique; on a beau faire, on se consume soi-même dans cet embrasement, où chacun apporte et reçoit sa part de lumière.

--Paris, reprit-elle, mon beau Paris! Nous en sommes bannis à jamais... Je hais cet homme, dit-elle avec énergie, en tournant vers moi son visage presque dur: je le hais, il m'a tout ôté! tout, depuis la maternité jusqu'aux joies de l'intelligence!

Je m'étais dit souvent qu'à l'âge de Suzanne on ne peut vivre loin du monde où l'on a été élevé, qu'il faut un aliment à l'esprit naturellement chercheur, qu'un jour ou l'autre elle regretterait son ancienne existence, celle d'avant son mariage, qu'alors je ne lui suffirais plus... Il s'agissait de reculer ce jour autant que possible, mais quand il viendrait?...

Il était venu.

Elle me regardait toujours et semblait attendre mes paroles. Je feignis de ne pas le voir, et je jouai avec mon pinceau. Nous étions dehors, à l'ombre, sur le versant est de la falaise, à l'abri d'un grand rocher. La ville la plus proche s'étendait dans le lointain comme une buée blanchâtre, et, sur la route qui serpentait le long de la côte, la patache jaune apparaissait comme une lourde bête à la démarche irrégulière. Suzanne vit la voiture, et ses pensées prirent un chemin de traverse.

--Ils viennent des villes, ceux-là, dit-elle en indiquant le véhicule qui festonnait le long de la montée, ils savent ce qui se fait ailleurs, ils ont vu des pièces de théâtre, ils ont été au concert, ils ont entendu de la musique. Oh! la musique, si douce à l'oreille, si douce au coeur!

Elle tomba dans une de ces rêveries qui m'avaient tant inquiété à Florence; la nostalgie qui la dévorait n'était pas seulement le mal de la France, c'était le mal de Paris.

Suzanne revint peu à peu à sa première pensée, et se tourna vers moi avec une expression d'amertume résignée qui me toucha profondément.

--Je ne serai rien, dit-elle, ni épouse, ni mère, ni femme du monde, ni femme utile; je serai ta fille, rien de plus, et c'est une douce tâche que d'embellir les vieux jours d'un père tel que toi!

Je la serrai sur mon coeur. Elle me rendit mes caresses, puis reprit:

--Tu dois avoir un souci, père, et je sens que depuis longtemps j'aurais pu, j'aurais du te l'ôter. Je n'attendrai pas plus longtemps. Tu as pensé souvent, n'est-ce pas, à ce qui arriverait si je rencontrais un jour, n'importe quand, l'homme que j'aurais pu épouser, et que j'aurais aimé?

Suzanne touchait, là une des cordes les plus sensibles de mon coeur; oui, j'avais pensé à ce jour, et j'avais reculé devant cette pensée, car je me sentais impuissant devant ce malheur-là!

--Eh bien, père, rassure-toi, continua-t-elle avec une sorte d'exaltation; moi aussi, j'ai pensé à cela; j'ai réfléchi longtemps, et j'ai gardé le silence parce que je ne savais pas si je serais assez forte pour tenir une parole donnée. Aujourd'hui, j'ai vingt ans, je vois clair devant moi. La virile éducation que tu m'as donnée a porté ses fruits; sois sans inquiétude, le nom de ma mère n'aura point de reproches, et tu pourras t'appuyer sur mon bras sans honte. Si je rencontre cet homme, je ne puis jurer de ne pas l'aimer, mais je te jure que je ne faillirai pas!

Elle portait sur son front l'expression de jeunes martyres confessant leur foi. Je baisai longtemps ses cheveux d'or. Ces paroles répondaient trop bien aux questions douloureuses de mes nuits d'angoisse pour que j'eusse besoin de lui demander des explications, mais ce fut elle qui m'en donna.

--J'ai réfléchi, vois-tu, dit-elle en s'asseyant auprès de moi. Je me suis demandé si je n'avais pas le droit de choisir un coeur entre tous pour m'y appuyer, pour faire entre lui et toi le chemin de la vie: le destin me paraissait si inique, si cruel envers moi qui n'avais rien fait de mal! J'ai pensé, le cas échéant, que je pouvais, sans me manquer à moi-même, m'accorder la douceur d'être aimée en dehors des lois de notre monde. Puis j'ai pensé à tant d'autres, aussi déshéritées que moi dans le mariage et qui n'ont pour les consoler ni les douceurs de la fortune, ni l'affection entière, aveugle d'un père tel que toi... Je me suis rappelé d'humbles ouvrières que leur mari battait, qui n'avaient pas d'enfants, à qui le pain manquait souvent, et qui pourtant portaient haut l'honneur du nom conjugal, et plus haut encore l'honneur du nom que leur avait laissé leur père; à côté de ces existences de martyres, j'ai vu que la mienne était un paradis, et j'ai eu honte de ma première pensée. Sois donc sans inquiétude, père, ta fille ne te fera jamais rougir: ces beaux cheveux blancs ne connaîtront point la honte.

Elle me couvrit de caresses, et moi, faible, ému, les yeux pleins de larmes, larmes d'orgueil paternel plus que de tristesse peut-être, je me laissai faire comme un enfant, et je la bénis dans mon coeur.

Nous étions muets depuis un moment, et nous laissions errer nos yeux sur le paysage; la patache, qui avait achevé de gravir la montée, s'éloignait rapidement dans la direction des terres, et bientôt un bouquet d'arbres la cacha à nos yeux. Le soleil descendait, et l'Océan commençait à prendre ces teintes mystérieuses où sous le gris, le bleu et le vert, on sent un peu de rose, le flamboiement du soleil couchant à travers les vagues. Tout à coup une voix de baryton sonore, splendide, éclata derrière un pli de terrain, et un personnage invisible lança à plein gosier:

> Chant de nos montagnes
>
> Qui fais tressaillir...

Nous nous étions levés brusquement pour moi, ce baryton était l'ennemi, car on ne chante pas avec cette perfection sans l'avoir appris, et tout homme du monde, à quelque monde qu'il appartînt, était un danger vivant. Suzanne, au contraire, le cou tendu, la tête inclinée, prêtait l'oreille de toute son âme. La voix se rapprocha rapidement; avant que j'eusse eu le temps de battre en retraite, un grand beau garçon, superbement découplé, arriva sur nous à longues enjambées sans perdre une note de l'air du Chalet. Il regardait si bien le ciel et la mer qu'il ne nous avait pas vus; j'espérais qu'il continuerait à admirer le large, mais, juste en face de nous, sur le milieu du sentier étroit, il s'arrêta interdit, la dernière note de sa roulade interrompue résonna dans la vallée où l'écho la répéta deux fois, et le grand garçon, ôtant son chapeau, s'écria avec un étonnement indescriptible:

--Monsieur Normis! mademoiselle Suzanne! vous n'êtes donc pas morts?

C'était Maurice Vernex.

Je ne saurais rendre le soulagement que j'éprouvai à reconnaître le brave garçon dans ce visiteur malencontreux; le bien-être fut si grand que je serrai à deux reprises sa main tendue vers moi.

Suzanne toute, rose de surprise et d'émotion, regardait sans pouvoir en détacher ses yeux le jeune homme dont la présence venait de nous rejeter soudain en pleine civilisation. Après les premiers mots:

--C'est que je suis fatigué, moi, dit Maurice. Permettez-moi de m'asseoir, je viens de faire deux lieues à pied; ces conducteurs de diligence ont une manière délicieuse de vous apitoyer sur le sort de leurs pauvres chevaux. Pour leur alléger la charge, on se laisse bêtement induire à marcher derrière la voiture pendant les trois quarts de la route; ils empochent votre argent, et le tour est joué.

Il se laissa tomber sur le gazon, nous nous assîmes aussi, et le silence se fit. Maurice n'avait plus rien à dire pour soutenir la conversation, et la situation était si embarrassante que je ne pus trouver immédiatement ce que je voulais exprimer....

--Vous devez fort vous étonner, dis-je enfin, de nous trouver ici. C'est un peu votre faute. Vous me fîtes, il y a deux ans, une description si enchanteresse de ce pays que l'idée nous vint de nous y fixer, et, comme vous le voyez, nous avons mis notre idée à exécution.

--Comment! vous demeurez par ici? C'est curieux, par exemple! Et vous avez trouvé à vous loger? Dans quel grenier à foin, sur quel perchoir fantastique avez-vous élu domicile?

--Dans un grenier fort convenable, dis-je, un ancien corps de garde de douaniers...

--Où donc? Je n'en connais-pas d'habitable sur la côte à dix kilomètres à la ronde.

--Mais tout près, à Faucois!

--A Faucois? Voilà qui est fort, mais vous m'avez pris ma maison!

--Votre maison, celle que vous avez habitée autrefois?

--Ma maison à moi, que j'ai habitée et qui m'appartient toujours, en vertu d'un bail dûment enregistré, et tenez, j'en ai la clef dans ma poche.

Il tira de sa poche une vieille clef tordue, usée, à peu près aussi efficace pour ouvrir une serrure que la première bûchette venue.

--Je ne comprends pas, dis-je bouleversé, comment cette maison...

--Oh! je comprends bien, moi, s'écria gaiement Vernex. Il y a de la Normandie là-dessous. Quand j.'ai signé le bail, il y a deux ans, j'avais l'intention de revenir le printemps suivant, et puis... je vous dirai une autre fois pourquoi je ne suis pas revenu, fit-il avec une nuance d'embarras; le fait est que je ne suis pas revenu, je n'ai cependant pas cessé de payer fidèlement mon loyer d'avance à la Saint-Michel. Mais en ne me voyant pas venir cette année plus que l'autre, les braves gens ont imaginé de tirer deux moutures du même sac, et ils vous ont loué ma maison. C'est d'une simplicité charmante.

--Je suis désolé, commençai-je; nous allons quitter...

--Du tout, du tout, interrompit Vernex; la terre est au premier occupant; je suis venu trop tard. Tant pis pour moi. Mais si vous m'avez pris ma maison, où vais-je loger, moi? Il faudra que j'implore une grange... Ah! fit-il joyeusement, on m'avait bien dit qu'il y avait des Parisiens dans le pays, mais du diable si je pensais à vous, et dans ma maison encore!

Il se mit à rire avec cette bonne grâce familière et communicative qui lui était propre.

--Vous logerez dans notre maison, lui dis-je, vous me permettrez de vous offrir l'hospitalité sous votre propre toit?

--J'accepte de grand coeur! répondit-il, je vous remercie.

Nous n'avions plus rien à nous dire, le silence reprit de plus en plus embarrassant. Suzanne se leva, nous dit qu'elle allait s'occuper du repas et prit le chemin de la maison. Quand elle eut disparu:

--Je n'ai pas besoin de vous dire, fis-je en regardant attentivement Maurice, que nous vivons dans la retraite la plus absolue; j'ai volé Suzanne à M. de Lincy, et si celui-ci apprenait où nous sommes, c'est lui qui me la volerait à son tour.

Vernex me regarda, me tendit la main, et je compris qu'il ne nous trahirait à aucun prix.

--Les raisons qui m'ont fait prendre cette résolution suprême, poursuivis-je, vous sont sans doute connues?--Il fit un signe de tête. En ce cas je n'ai pas besoin de m'étendre sur ce pénible sujet. Vous me blâmez peut-être?

--Lincy est une fameuse canaille, dit Vernex pour toute réponse. Vous ne pouvez pas vous imaginer le mal qu'il s'est donné tout récemment pour prouver que vous et madame de Lincy aviez péri dans une catastrophe de chemin de fer. Il voulait hériter de vous deux, tout vivants!

--Quand cela? fis-je dans la pensée que l'événement était peut-être antérieur à la rencontre de Florence.

--Il n'y a pas un mois, un accident de chemin de fer belge...

--Allons, il est complet, pensai-je. Il venait de nous rencontrer à Florence, dis-je simplement.

--Ah! très-bien! de mieux en mieux!

Le silence reprit.

--Sérieusement, monsieur, dit Vernex en se levant, si je suis importun, si vous désirez garder votre solitude inviolée, je m'en vais à l'instant. Ce n'est pas trois lieues de plus ou de moins qui peuvent effrayer un marcheur tel que moi...

--Restez, lui dis-je, poussé par l'instinct de la sociabilité et aussi par le plaisir de rencontrer un homme pour lequel j'avais de l'estime et de l'affection, restez et soyez notre hôte aussi longtemps que vous le pourrez, à condition qu'en quittant ce pays vous oublierez que vous nous avez rencontrés.

Il acquiesça du geste.

--Et nous allons parler de Paris!

Le soir venait, un doux crépuscule gris-rosé tombait sur la campagne, la lune se levait à l'est dans une brume transparente; nous revînmes au logis, causant intimement comme des gens qui ne se sont jamais quittés, effleurant les théories pour revenir aux actualités, et parfaitement heureux, je le crois, d'être ensemble.

La lampe était allumée dans la pièce du rez-de-chaussée qui nous servait de salle à manger, et Suzanne nous attendait, debout auprès de la table. La soupe fumait dans une grande soupière, l'argenterie brillait sur la nappe à côté des assiettes en terre commune, et le tout avait un air de bonhomie et de contentement rural indescriptible.

--Il y a du mieux depuis que je ne suis venu ici! dit Maurice en regardant autour de lui. Mon logis de garçon pour tenture n'avait guère que des toiles d'araignée.

Nous nous mîmes à table, plus heureux que nous ne l'avions été depuis que nous avions quitté la cousine Lisbeth. L'heure venue, je conduisis Maurice à la chambre que lui cédait notre vieux Pierre.

--Voilà tout ce que je puis vous offrir, dis-je à notre hôte.

--Je ne suis pas accoutumé à tant de luxe, répondit-il en riant.

Après l'avoir quitté, je retournai vers Suzanne, qui regardait la lune briller sur la mer, assise à sa fenêtre.

--Quel événement! lui dis-je quand je fus près d'elle.

--C'est incroyable! répondit-elle, et pourtant cela devait arriver. Je ne comprends pas comment nous n'y avions pas songé!

--Le mal n'est pas grand, repris-je; Vernex est un brave coeur, et, en somme, je suis bien aise qu'il soit venu.

--Moi aussi, murmura Suzanne.

XXXVI

Pendant les deux ou trois premiers jours, notre hôte fut d'une réserve presque exagérée. A peine assistait-il à nos repas, et alors la conversation roulait sur des sujets généraux, tels que le rendement des impôts, les lois de l'esthétique et la prépondérance des opinions religieuses en matière politique. De tels entretiens n'avaient assurément rien qui put paraître indiscret, et cependant le quatrième jour Maurice Vernex nous annonça son intention de retourner à Paris.

--Qui vous presse? lui dis-je.

--Des affaires laissées en souffrance... Ma présence est nécessaire pour les débrouiller.

--Mon ami, lui dis-je sérieusement, depuis votre arrivée vous n'avez pas reçu de lettres; vous n'aviez pas loué cette maison dans l'intention d'y passer trois jours tous les deux ans. Souffrez donc que je conclue à votre place. Vous craignez d'être importun, et vous vous en allez par discrétion. Eh bien, voici le fond de ma pensée: si nous acceptions ce sacrifice, nous en serions bien peu dignes; par conséquent, si vous partez, nous partons aussi, et nous irons chercher ailleurs un nid que nous n'ayons pas usurpé.

--C'est votre dernier mot? fit Maurice avec une sorte de joie.

--Assurément.

--Alors, restons tous! s'écria-t-il avec un contentement visible.

Il fit venir le jour même quelques colis restés à la ville voisine, et une bonhomie qui nous fit grand bien à tous présida désormais à nos relations. Maurice était bon tireur, il avait apporté d'excellentes armes. Nous prîmes un rocher pour cible, et la falaise retentit journellement de nos exploits. Suzanne, de sa fenêtre, jugeait les coups et agitait son mouchoir quand l'un de nous mettait dans le blanc, que nous avions fait avec du cirage.

Je devais à Maurice quelques explications; nos soirées d'autrefois avaient amené entre nous une entente bien plus intime que celle qui existe d'ordinaire entre gens du même monde, satisfaits de tuer le temps ensemble. Il était dès lors au courant des chagrins domestiques de Suzanne, et, depuis, les bruits de ville lui en avaient appris beaucoup plus long que je n'en savais moi-même. Un jour que nous revenions du tir par le plus long chemin, je lui racontai donc comment j'avais enlevé Suzanne; il m'interrompit:

--Ce lâche l'avait frappée? dit-il avec une expression de rage qui me saisit.

--Qui vous l'a dit?

--Ce n'est un secret pour personne; je suppose que les domestiques auront parlé.

--M'a-t-on blâmé? fis-je, curieux soudain de savoir comment nous avions été jugés.

--Il n'y a eu qu'une voix pour vous louer. Lincy était universellement connu pour ce qu'il est. Mais vous avez agi très-sagement en vivant à l'écart comme vous l'avez fait, car il a remué ciel et terre pour vous retrouver, et je suis persuadé qu'il n'y a pas renoncé.

--Qu'il y vienne! dis-je, comme je l'avais dit deux ans auparavant. S'il veut l'avoir, il faudra que je sois mort.

Vernex me serra la main avec une force extraordinaire, et la conversation tomba.

Depuis ce moment, un bien-être indicible s'étendit sur notre paisible demeure. Nos causeries, nos promenades, notre silence même avaient pris un charme tout particulier. Nul ne peut se représenter ce que la présence de notre hôte apportait d'éléments à notre intelligence, de satisfaction à notre curiosité. Pendant ces deux années, nous avions vécu comme des parias, heureux d'oublier et d'être oubliés; nous rentrions ainsi dans la société, dans la vie intellectuelle. Jamais notre solitude ne nous avait pesé, à Suzanne, je crois, pas plus qu'à moi; mais la tristesse était souvent assise à notre foyer désert. La venue de Maurice l'en avait bannie à jamais.

Quelle tristesse d'ailleurs eût résisté à ce franc sourire, à l'expression cordiale et spirituelle de cette physionomie, au regard sympathique et vif de ces yeux bruns? Maurice était l'être le plus actif, le plus communicatif que puisse produire notre société, en restant dans les limites du bon ton; il échappait à l'écueil ordinaire de ces tempéraments en dehors, la vulgarité; rien n'était plus correct que sa tenue et son langage, et nul ne mettait plus de bonhomie dans sa façon d'être avec tous, grands et petits.

Juillet tirait à sa fin; on avait déjà essayé les bains de mer, et je mûrissais le plan d'une cabine en planches à mi-chemin de la falaise, quand Pierre m'aborda un jour d'un air préoccupé. Il était en tenue de gala et pétrissait la visière d'une casquette de livrée, échappée je ne sais comment aux vicissitudes de nos évasions.

--J'ai une demande à formuler à monsieur, me dit-il avec une gravité surprenante.

--Formulez, mon ami, formulez votre demande.

--C'est que, monsieur, depuis que M. Vernex demeure ici, moi, je demeure dans la grange...

--Eh bien? trouveriez-vous qu'il est temps de troquer vos appartements?

--Non, monsieur, mais j'ai pensé que peut-être, si monsieur voulait bien m'accorder son agrément, avec la permission de monsieur, j'aurais bien aimé épouser Félicie.

Épouser Félicie, demeurer dans la grange... Je ne saisis pas tout d'abord le rapport occulte entre ces deux idées.

--Félicie? fis-je d'un air peu intelligent, faut-il supposer, car Pierre, avec sa bonté ordinaire, vint à mon secours.

--Oui, monsieur; comme ça, je ne coucherais plus dans la grange.

--Ah! très-bien! fis-je. J'avais compris. Mais Félicie n'est pas très-jeune, et vous-même...

--Félicie a cinquante-neuf ans et demi, monsieur, et moi j'en ai cinquante-sept; la différence d'âge n'est pas considérable, et d'ailleurs ce n'est pas cela qui fait le bonheur.

Je n'avais rien à opposer à ce raisonnement.

--Epousez donc Félicie, mon ami, lui dis-je; je serai enchanté de vous voir mariés. A vrai dire, il y a une vingtaine d'années que vous auriez dû y penser.

--J'y avais bien pensé, monsieur, répondit Pierre dont le visage s'était épanoui; mais elle était un peu grognon; avec l'âge elle s'est amendée, ou bien peut-être c'est moi qui m'y suis accoutumé; mais je crois bien qu'à présent il n'y aura plus de bisbille entre nous.

--La demoiselle consent? dis-je avec une gravité comique.

--Oui, monsieur, elle consent, répondit Pierre, rayonnant d'aise. Elle va être bien contente quand je lui dirai que monsieur ne met pas d'obstacle.

Cinq minutes après, Félicie, rougissante comme si, elle n'avait eu que quinze printemps, vint me faire sa révérence; j'adressai un petit discours aux fiancés, et je les congédiai. Comme ils s'en allaient, une réflexion me vint:

--Dites donc, Pierre, comment vous marierez-vous? Nous n'avons pas six mois de domicile!

Les bras tombèrent au pauvre garçon, qui me regarda d'un air piteux.

--Combien avons-nous, monsieur?

--Quatre mois et huit jours.

--Eh bien, cela ne fait plus que sept semaines à attendre. Pendant ce temps-là, nous allons toujours faire venir nos papiers.

Pierre s'éloigna, consolé, et je pensai à part moi que ceux qui n'ont plus longtemps à vivre sont moins impatients de l'avenir que ceux qui ont de longues années devant eux, ce qui n'est pas logique absolument parlant. J'allai raconter ces événements à Suzanne, et je la trouvai dans le jardin; Maurice lui faisait la lecture pendant qu'elle brodait une immense tapisserie qu'elle s'était fait venir de la ville. Je restai immobile sur le seuil du jardin à regarder le charmant tableau qu'ils faisaient à eux deux. La tête brune et sérieuse du jeune homme formait un contraste original avec la beauté blonde et vaporeuse de Suzanne; le rideau de feuillage qui servait de fond, le ruisseau courant qui dessinait un premier plan, les couleurs vives de la laine, tout, jusqu'aux teintes neutres et douces de leurs costumes, formait un ensemble «fait à souhait pour le plaisir des yeux».

Il posa son livre et fit une question que je n'entendis pas. Suzanne leva la tête, sourit; une teinte fugitive de rose passa sur ses joues, ses cils châtains battirent deux ou trois fois sur ses yeux; elle répondit un mot, et se pencha sur son ouvrage. Je restai un instant comme pétrifié, puis je retournai sans bruit dans ma chambre. Ils ne m'avaient ni vu, ni entendu.

Fou que j'étais! comment n'avais-je pas prévu qu'ils s'aimeraient!

Ces deux jeunes gens si bien faits l'un pour l'autre pouvaient-ils vivre ensemble, partager le même toit, les mêmes idées, les mêmes impressions, échanger les mêmes sympathies, et ne pas s'aimer! Si quelque chose était étrange ici, c'était qu'ils ne fussent pas tombés dans les bras l'un de l'autre au bout de huit jours! Et moi, père aveugle, niais, incapable, j'avais retenu cet homme auprès de nous! Une seconde fois j'avais joué le bonheur de ma fille. Alors je l'avais ravie au mariage. A présent, pourrais-je la ravir à l'amour?

Malgré moi, je m'approchai de la fenêtre et je regardai dans le jardin; elle brodait, il lisait, rien n'était changé, et pourtant, à présent que mes yeux s'étaient dessillés, je voyais dans cette attitude paisible, dans ce recueillement intérieur mille nuances qui m'avaient échappé.

Ils en étaient encore à la période de l'amour qui s'ignore et vit de lui-même. L'innocence du regard de Suzanne, la franchise de celui de Maurice m'étaient garantes qu'ils ne se croyaient qu'amis. Combien de jours, combien d'heures durerait ce calme? A quel moment inconnu la passion éclaterait-elle dans ces deux êtres en pleine jouissance de la jeunesse et de la vie? Demain, ce soir peut-être... Que fallait-il faire? Où s'arrêtaient mes droits? Que me commandaient mes devoirs?

Je m'assis dans mon fauteuil, loin de la fenêtre, pour ne pas les épier malgré moi, car ce rôle d'espion me répugnait d'autant plus qu'il me tentait, en dépit de mes efforts. Je voulais savoir à tout prix ce qu'ils pouvaient se dire; je voulais mesurer l'étendue de l'abîme où nous venions de rouler sans nous en apercevoir. J'eus le courage de me retirer, de coller mes mains sur mes yeux et de me mettre à penser seul.

Leurs voix me tirèrent de ma rêverie; Maurice m'appelait pour le bain du soir. Je descendis, et je pris avec lui le chemin de la falaise; j'avais résolu de lui parler sans plus attendre.

Quand nous eûmes atteint la crique solitaire qui nous servait de plage, je l'arrêtai:

--Asseyons-nous, lui dis-je; je voudrais causer un instant avec vous.

Il me regarda non sans quelque surprise, puis s'assit sur un rocher; j'en fis autant.

--Maurice, lui dis-je, vous voyez avec quelle amitié je vous parle, ayez confiance en moi, et oubliez que je suis un vieillard, un père. Causons comme deux amis. Je regretterai toujours que vous soyez arrivé quelques heures trop tard, il y a trois ans... mais...

Il m'arrêta du geste, secoua la tête d'un air désespéré et me dit d'une voix basse:

--C'est vrai, je l'aime!

Il se tut.

La lame brisait régulièrement sur le sable à quelques pas de nous; j'écoutais machinalement son bruit mesuré, et l'attente de ce bruit du flot me privait pour ainsi dire de ma puissance de réflexion. J'étais comme magnétisé, mon cerveau souffrait d'une si forte secousse. Je fis un effort violent pour secouer cette torpeur.

--Vous aime-t-elle?

Il fit un geste indécis. J'avais retrouvé mon énergie.

--Si elle ne vous aime pas, je vous en conjure, mon enfant, mon ami, partez! Partez aujourd'hui, ne la revoyez pas, ayez pitié d'elle! Si elle était libre, je vous la donnerais à l'instant, mais elle est enchaînée, vous ne pouvez que la perdre. Vous ne voulez pas la perdre, n'est-ce pas? Mon ami, je vous en supplie, ayez pitié d'elle et de moi.

Les paroles se pressaient sur mes lèvres tremblantes, j'avais peine à les prononcer distinctement; je me sentais vaincu par la douleur.

Maurice releva la tête; ses yeux à lui aussi étaient pleins de larmes.

--Monsieur, me dit-il, vous auriez le droit de me chasser. C'est vrai, j'aime votre fille, et je sens que cet amour est un outrage. Si elle était veuve demain, je la réclamerais de vous, mais je n'ose pas même le lui dire à elle, tant son malheur est respectable. Oui, j'aurais dû partir; je n'en ai pas eu le courage, la vie est si douce ici entre vous deux, vous que je vénère autant que je l'aime. Je m'en irai, puisque vous le voulez, je m'en irai...

Il me regardait; ses yeux pleins de douleur, de reproche, lurent au fond de mon âme que j'avais plus de chagrin que de colère. Je lui tendis la main, il y mit la sienne, et nous nous sentîmes liés pour la vie par un lien indestructible d'estime et d'amitié.

Il n'était plus question de bain; d'ailleurs le ciel s'assombrissait, quelques gouttes de pluie commencèrent à tomber, nous revînmes lentement vers le logis. Maurice regardait la mer comme pour l'absorber par les yeux.

--J'ai été bien heureux ici, me disait-il d'une voix rêveuse; si heureux, que ces quelques semaines seront la joie de ma vie entière. Il n'est pas au monde de femme semblable à Suzanne. Elle n'a pas à craindre d'être jamais remplacée dans mon coeur. Quelle autre créature aurait sous le ciel sa grâce et son intelligence, son instruction supérieure et sa modestie! quelle autre aurait traversé le bourbier de son épreuve sans y souiller seulement la moindre plume de son aile! Suzanne seule pouvait porter une telle infortune avec tant de dignité; seule, sa grande âme était capable de se développer ainsi sous l'aiguillon du malheur!

Je l'écoutais, ses paroles n'étaient que l'expression de ma pensée, et, plus il parlait, plus je le trouvais digne d'elle. O folie amère, d'avoir livré ma fille à son bourreau, pendant que j'avais là près de moi l'homme que tout lui destinait!

Nous marchions un peu à l'aventure le long du chemin glissant et étroit.

Maurice n'était pas pressé de rentrer, puisqu'il ne devait rentrer que pour partir, et moi je n'étais guère désireux de le mettre en face de Suzanne, fût-ce pour un instant. Tout à coup il me saisit par le bras et me tira brusquement en arrière; ce mouvement rapide faillit me jeter à terre, et au même instant la motte de gazon sur laquelle j'avais posé le pied se détacha du bord et roula sur les rochers à quarante pieds au-dessous.

--Ces endroits sont très-dangereux, dit Maurice; la moindre pluie détrempe les terres sans cesse minées par le vent et la poussière des vagues. Dès demain j'enverrai les gamins du village faire ici un petit parapet de gazon; j'en avais construit un jadis... Demain, répéta-t-il avec amertume, je n'y serai plus!

--C'est moi qui m'en chargerai, lui dis-je; votre bonne pensée ne restera point stérile.

L'orage fondit sur nous, et nous regagnâmes la maison d'un pas rapide.

--Quel temps! murmura Maurice en me regardant avec une expression de prière humble et soumise.

--Vous partirez demain, lui dis-je à voix basse. Il me serra la main, et nous entrâmes.

XXXVII

--Je commençais à m'inquiéter, dit Suzanne; vous avez été bien longtemps.

--J'ai failli rouler en bas de la falaise, répondisse; c'est notre ami qui m'a sauvé en me retenant au moment dangereux.

Le regard de ma fille chargé de reconnaissance glissa sur moi, et se posa un instant sur le visage défait de Maurice.

--Allons vite souper, dit-elle, vous avez besoin de vous sécher, et même je crois de vous réchauffer.

Le repas fut morne: nous n'avions pas le courage de feindre une gaieté dont nous étions si éloignés; Suzanne, qui avait commencé par rire et plaisanter, comme d'habitude, se laissa gagner bientôt à notre gravité, et pressa le service pour avoir plus tôt fini.

Après le dîner, nous nous réunîmes dans notre petit salon, et ma fille fit faire une flambée pour chasser l'humidité qui pénétrait partout. La flamme jaillit bientôt en gerbes jusqu'au milieu de la vaste cheminée, et un semblant de confort régna dans le salon. Maurice prit son courage à deux mains.

--Il faut espérer, dit-il, que le temps ne sera pas si mauvais demain pour mon voyage.

--Une excursion? fit Suzanne sans y attacher d'importance.

--Non, un voyage.

Ma fille s'était redressée et regardait le jeune homme avec anxiété.

--Je pars pour Paris, dit Maurice, sans oser lever les yeux.

--Pour Paris! répéta Suzanne.

Elle joignit les mains sur ses genoux et nous regarda tour à tour.

--C'est toi qui le renvoies? me dit-elle d'une voix singulièrement altérée.

--Moi! quelle idée! voulus-je dire, mais le mensonge s'arrêta dans ma gorge.

--Tu le renvoies pour empêcher qu'il ne m'aime? fit-elle toujours en s'adressant à moi, sans regarder Maurice. C'est inutile, ni toi, ni lui, ni moi n'y ferons rien. Il ne me l'a pas dit, mais je sais qu'il m'aime, et je l'aime!

Elle s'était levée, nous aussi; droite, entre nous, très-pâle, son visage contracté, éclairé par les flammes capricieuses du foyer, elle avait l'air de quelque divinité païenne acceptant un sacrifice.

Maurice, éperdu, avait fait un mouvement vers elle; elle l'arrêta du geste:

--Oui, je vous aime, dit-elle, et c'est devant lui,--elle me désignait,--devant lui, le confident de toute ma vie, que-je veux vous le dire. Vous m'avez appris qu'il est au monde des hommes qui savent respecter en aimant, qui préfèrent le bonheur de la femme aimée à leur propre bonheur. Grâce à vous, j'ai reconnu que l'amour existe, qu'il ennoblit l'âme et la rapproche de la perfection autant qu'il est possible à notre nature imparfaite... Vous m'avez donné une seconde vie,--je me sens jeune, vivante, heureuse de vivre,--je vous bénis, Maurice, et je vous aime.

Il s'inclina devant elle et baisa un pli de sa robe. Je me taisais. Qu'avais-je à dire?

--Mon père vous a ordonné de partir? C'était son devoir; moi, je vous prie de rester; peut-être mon père y consentira-t-il quand je lui aurai parlé.--Te souviens-tu, dit-elle en se tournant vers moi, que, le jour même de son arrivée, nous avons abordé ce sujet? Je t'ai dit, tu ne peux l'avoir oublié, que si j'aimais, je ne faillirais pas; que j'aimerais jusqu'au martyre, mais que je respecterais tes cheveux blancs.

Je m'en souvenais, certes! La joie de ce jour avait été une des plus pures de ma vie.

--Je tiendrai ma promesse, continua Suzanne. Jamais Maurice, par surprise ou persuasion, n'obtiendra rien de moi; je resterai ce que je suis, nous vivrons comme nous avons vécu; s'il trouve l'épreuve pénible, qu'il parte. Mais moi, je l'aime, mon père, et s'il part, ma vie s'en ira avec lui!

Maurice me regardait, attendant son arrêt. Je n'eus pas le courage de le prononcer; mais je ne pouvais cependant consentir. Suzanne reprit et s'approcha de moi, passant sa main sur mon bras avec cette câlinerie irrésistible qui lui était restée de son enfance.

--Vois-tu, père, dit-elle, depuis trois ans, j'ai été bien malheureuse; me suis-je jamais plainte? Ai-je manqué de courage? Voici un rayon de joie qui me vient du ciel; je me croyais condamnée à l'éternelle solitude; toi et moi, nous devions voguer à jamais par le monde sans port et sans asile; nous avons trouvé un ami, j'ai trouvé le repos... Veux-tu m'enlever le seul bonheur que je doive jamais connaître, celui d'aimer dans le présent, de toute la pureté de mon âme, avec le devoir et l'honneur pour étoiles? Dis, le veux-tu?

Elle me regardait avec des yeux, de femme mûrie par la douleur, et qui sait ce qu'elle veut...

--Fais ce que tu voudras, lui dis-je, je t'ai mal mariée, je n'ai pas le droit de te contraindre.

Je sortis du salon, mais je n'avais pas eu le temps daller jusqu'à l'escalier, quand je sentis la main de Maurice me retenir:

--Je pars, monsieur Normis, dit-il, je m'en irai demain, venez assister à nos adieux.

Je rentrai. Suzanne vint à ma rencontre, et se laissa glisser à mes genoux. Je la reçus à moitié route.

--Pardon, me dit-elle en pleurant, pardon, cher père,--j'avais fait ce beau rêve,--il est impossible... soit. Pardonne-moi seulement, je ne croyais pas mal faire.

--Eh! mes pauvres enfants, m'écriai-je, que nous sommés malheureux!

Après un montent de trouble, Maurice s'approcha de moi.

--Adieu, monsieur, me dit-il, j'aurais été heureux, bien heureux de vous nommer mon père. Tâchez qu'elle soit heureuse!

--Au revoir, Maurice, dit Suzanne en tendant la main au jeune homme, au revoir. Quoi qu'il arrive, nous nous reverrons.

La voiture ne passait le lendemain qu'à neuf heures, mais nous nous séparâmes aussitôt, sur la convention de ne pas revenir sur ces adieux le lendemain.

Comme je me retirais chez moi, je vis Pierre qui s'efforçait de mettre tout le zèle possible dans son service du soir.

--J'ai écrit pour les papiers, monsieur, me dit-il; la lettre est partie. M. le maire a eu la bonté de m'indiquer toutes les formalités. J'ai écrit une demi-douzaine de lettres. Ah! monsieur, quelle affaire qu'un mariage!

J'avais le coeur trop serré pour lui répondre. Je me hâtai de le congédier.

Pendant la nuit, pluvieuse et tourmentée, j'entendis un bruit insolite. Comme je ne dormais pas, je fus bientôt sur pied. J'ouvris ma porte et je prêtai l'oreille. On parlait dans la chambre de Suzanne. J'allumai vite une bougie et je'm'approchai. Les sons s'éteignirent, puis recommencèrent: c'étaient des plaintes. Sans frapper, je levai le loquet, fermeture unique et primitive de toutes nos chambres, et je vis Suzanne, assise sur son séant, en proie à une fièvre violente. Elle gesticulait vivement, et parlait à voix haute. La vue de ma lumière lui fit détourner la tête, mais bientôt elle s'y accoutuma, et reprit ses discours incohérents:

--Qu'ai-je fait? disait-elle très-vite, presque en bredouillant; je n'ai rien fait de mal! Qu'est-ce que je veux? rien de mal! Alors pourquoi mon père est-il si cruel? Vous savez bien, Maurice, que je suis une honnête femme,-- vous-savez bien que je tiendrai mon serment. Partez, partez; allez vite, il ne faut pas mécontenter mon père! Il a été si bon pour moi. Il souffre tant, il faut avoir pitié de lui... Allez, allez!

Et une plainte longue, douloureuse, succédait à ces discours. Je ne savais que faire; je fis lever Félicie, pour employer quelque remède domestique, de ceux qu'on a sous la main, et Pierre partit aussitôt pour la ville, afin de ramener un médecin.

Au premier bruit, Maurice s'était levé; je le rencontrai dans la salle, tremblant d'émotion et d'angoisse. Je lui dis en deux mots ce qu'il en était, et je m'en repentis aussitôt à la vue de son désespoir.

--Laissez-moi m'asseoir auprès de sa porte, me dit-il, je resterai en dehors, mais laissez-moi l'entendre; vous ne pouvez vous imaginer ce que je souffrirais si vous me défendiez de rester là.

Je consentis, et il s'appuya contre le mur pour se soutenir.

--Mon mari, c'est mon mari, disait Suzanne dont le délire augmentait, c'est mon mari malgré tout, et je le hais. Père, cache-moi, je ne veux pas le voir. Emmène-moi chez Lisbeth tout de suite. Père, cria-t-elle, tu n'es pas là... je lui tenais les mains. Ah! le misérable, il m'entraîne, il va m'enlever, père... Je ne veux pas, non, non... Maurice!

Elle jeta ce nom à pleine voix, comme un appel désespéré. Maurice n'y résista pas, il bondit dans la chambre et se laissa tomber à genoux près du lit. Suzanne, qui jusqu'alors n'avait reconnu aucun de nous, poussa un cri de joie, lui saisit la tête dans ses bras, appuya sa joue sur ses cheveux; ses traits se détendirent et exprimèrent une douceur céleste:

--Enfin, dit-elle, enfin tu ne t'en iras plus, tu ne me laisseras pas enlever?

Non, non, répétait Maurice éperdu. Je ne veux pas aller avec lui. Assieds-toi là.

Maurice dut s'asseoir près de son lit. Elle murmura encore quelques paroles incompréhensibles, puis se laissa retomber sur l'oreiller, et s'endormit d'un sommeil d'abord troublé, puis plus profond, toujours sans quitter la main de Maurice.

Au petit jour, le médecin arriva. Il examina Suzanne pendant son sommeil et ne voulut pas qu'on la réveillât. Il attribua ce délire passager à une forte commotion; la moindre émotion pouvait provoquer une fièvre cérébrale; mais avec un repos parfait, il n'y avait probablement rien à craindre.

--Surtout, monsieur, dit-il d'un air de reproche à Vernex, qu'il prit pour mon gendre, pas de contrariétés, pas de scènes de famille. On la tuerait, et ce ne serait pas long.

Il se retira après avoir prescrit une potion calmante.

Suzanne dormait tranquillement. Un peu de rougeur à ses joues, un peu de chaleur à ses mains étaient les seules traces de la terrible secousse de la nuit; au premier mouvement qu'avait fait Maurice pour retirer sa main elle l'avait serrée sans se réveiller, avec un gémissement douloureux.

Il me regarda de cet air soumis et malheureux qui me fendait l'âme.

--Maintenant, lui dis-je tout bas, c'est moi qui vous conjure de rester.

Il me remercia d'un mouvement des lèvres, puis détourna son visage et le plongea dans l'oreiller de Suzanne, sans parler.

XXXVIII

Au matin, Suzanne, en s'éveillant, n'eut qu'un vague souvenir de ce qui s'était passé. La vue de Maurice la troubla tellement, que je crus une explication nécessaire:

--Tu as été très-malade, ma chérie, lui dis-je; j'ai prié notre ami de rester pour m'aider à te soigner.

Elle se rappela soudain, devint rouge, puis pâle. Son cerveau affaibli ne lui permit pas de longues réflexions; elle se laissa aller sur l'oreiller avec un air heureux:

--Vous resterez, dit-elle à Maurice, dont elle avait lâché la main en ouvrant les yeux..

Celui-ci fit un signe de tête et quitta la chambre sans dire un mot. Ma fille n'insista pas, et il ne fut plus question de départ.

Deux ou trois nuits agitées nous effrayèrent encore. Elle avait le délire à la même heure, et se débattait contre son mari qui voulait l'enlever. La voix et la main de Maurice seules pouvaient ramener le calme. J'appris alors, par la force de cette obsession, quelles épouvantes ma pauvre enfant avait subies en silence. Que de fois, depuis notre fuite, elle avait dû s'éveiller en sursaut, glacée par l'angoisse de voir son mari l'entraîner loin de moi! Ces divagations inconscientes me livrèrent son secret, et je reconnus que, pour se taire et paraître joyeuse, elle avait déployé une force d'âme bien au-dessus de son âge.

J'appris encore autre chose, et cette découverte jeta sur mon esprit une teinte de mélancolie qui fut longue à dissiper: j'appris que du jour où notre enfant aime, nous autres parents, nous ne sommes plus que bien peu de chose auprès de l'être aimé. Mais la vie m'avait donné d'assez rudes leçons pour que j'eusse le courage d'envisager ma peine et de tâcher de lui trouver un bon côté. Je n'accusai pas ma fille d'ingratitude: un autre père l'eût peut-être fait; moi je me contentai de reconnaître que plus l'enfant élevé par nos soins est d'une nature fine et supérieure, plus l'amour a de prise sur ce jeune coeur, et plus, par conséquent, nous pauvres vieux, devons passer au second plan. Je reconnus aussi que, si Suzanne avait donné le meilleur de son âme à ce jeune homme, elle m'avait gardé pour dédommagement toutes les adorables caresses, toutes les grâces charmantes que j'avais chéries en elle dès l'enfance. A Maurice, elle avait donné sa vie, mais tous ses regards, toutes ses tendresses étaient pour son vieux père. C'est ainsi qu'elle me remerciait de lui avoir laissé son bonheur.

Suzanne se remit bientôt: à vingt ans, le corps est si souple et si résistant! Il faut si peu de chose pour lui rendre son élasticité! A la fin de la semaine, elle put marcher dans le jardin et rester quelques heures au grand air sans trop de fatigue. Rien n'était changé dans ses relations avec Maurice. Ils se parlaient très-peu et paraissaient absolument satisfaits de leur sort. Elle lui tendait la main le matin et le soir,--il la laissait retomber aussitôt,--un indifférent n'eût jamais pensé qu'ils s'aimaient... et moi, sous cette glace, je voyais couver, grandissant chaque jour, une passion irrésistible qui menaçait de nous engloutir tous dans quelque catastrophe.

J'étais résolu à n'être pas complice de la chute de ma fille. Le jour où j'aurais la certitude qu'il s'était passé entre eux quelque chose, d'irrévocable, j'étais décidé à fuir, leur laissant ma fortune et ne gardant pour moi que le souci de mon honneur. Que me fallait-il pour vivre? Un morceau de pain,--et pour peu de temps, car j'étais bien certain de ne pas résister longtemps au chagrin d'avoir perdu Suzanne. C'est alors qu'elle serait perdue pour moi! C'était donc pour en arriver là que je l'avais élevée avec tant d'amour! C'était pour cela que je l'avais arrachée à son mari!

C'est alors que j'appelai ma femme à mon secours! Que de fois pendant que tout dormait dans notre maison isolée, que de fois j'invoquai la chère image pour lui demander conseil! Mais je n'obtenais pas de réponse, car dans ce dédale de perplexités son esprit droit et honnête lui-même se fût perdu.

Et pendant que je nourrissais ce projet d'abandon, véritable suicide moral, les deux amants, encore innocents, savouraient à longs traits l'ivresse de leur amour. Suzanne, grave, presque recueillie sous le poids de ce grand bonheur d'aimer qui l'absorbait tout entière, semblait grandie et transfigurée par le rayonnement de son âme... Chère et chaste enfant, j'étais bien sûr, si la chute devait venir, qu'elle viendrait d'une surprise! Jamais hermine n'eut à un plus haut degré l'horreur de la boue. De plus que les ingénues, elle avait gardé des réalités du mariage un dégoût, un mépris qui la mettait bien haut sur un piédestal, au delà des atteintes d'une passion terrestre. Maurice était le plus honnête, le plus chevaleresque des hommes; livrée à son respect, Suzanne eût pu traverser l'Océan,-- mais ils n'étaient après tout que de chair et de sang; le soleil d'août brillait sur nos têtes, et la sève montait dans leur coeur!...

Un jour je les regardais le long de la falaise: ils s'étaient quelque peu éloignés de la maison, mais toujours à portée de la vue et presque de la voix. Suzanne s'était arrêtée à l'endroit où précisément il m'avait arraché à une mort peu douteuse, le jour qui avait décidé de nos destins: sa pensée de prévoyance n'était point restée stérile. Dès que Suzanne s'était remise, il était venu lui-même avec Pierre, à cet endroit, apporter des mottes de gazon pour en faire un parapet. Une investigation attentive de la falaise, vue d'en bas, lui avait démontré que les terres détrempées ne tenaient plus que par les racines des herbes jusqu'à cinq ou six pieds du bord et c'est à cette distance qu'il avait établi ce mur protecteur, destiné à garder de mal les rares passants de la falaise, enfants du village, douaniers, et nous-mêmes. Il travaillait, remuant à pleines mains la terre humide de rosée qui laissait ses traces à ses doigts, elle le regardait, de temps en temps, ils se souriaient, et je devinais, à l'attitude de ma fille, qu'elle était satisfaite de lui: satisfaite de sa bonne pensée et fière de le voir travailler comme un ouvrier.

Ah! ces êtres-là ignoraient les mièvreries des conventions mondaines! Ils ne craignaient, ni l'un ni l'autre, les souillures du travail matériel. C'est pour la pureté de leurs âmes qu'ils gardaient leurs préoccupations!

Je pensais à beaucoup de choses, quand la voix de Pierre me tira de ma rêverie:

--Monsieur n'a pas de commission pour l'Angleterre? me disait-il.

--Pour l'Angleterre? Non, Pierre. A quel propos?

--C'est que le patron d'une barque est venu demander tantôt si monsieur ne voulait pas se faire rapporter quelque chose d'Angleterre; il y va toutes les semaines... et aux îles anglaises presque tous les jours; ils sont trois patrons...

--Qui font de la contrebande? interrompis-je.

--Oh! non, monsieur, pas de la contrebande, puisqu'ils feraient payer la douane à monsieur!

Je ne trouvai rien à réfuter dans cet argument. Évidemment, si je payais les droits de douane, je ne serais pas un contrebandier. Reste à savoir si ces droits seraient versés dans la caisse de l'Etat. Mais ce n'étaient pas mes affaires.

--Je ne savais pas, dis-je à Pierre, qu'il y eût des correspondances régulières avec l'étranger dans ce pays perdu.

--Si fait, monsieur. Ils partent de la pointe, là-bas--Pierre indiquait un petit havre à quatre ou cinq kilomètres en longeant la côte;--ils vont aux îles à volonté, pour les messieurs qui voyagent... Je leur ai dit de me rapporter des couverts, ajouta Pierre d'un air d'importance. Quand on entre en ménage, il faut bien se meubler!

--Vieil imbécile, pensai-je, il veut se meubler avec des couverts en métal anglais! Est-ce bientôt, ajoutai-je plus poliment, que Félicie quitte le célibat?

--Dans quinze jours, monsieur, fit Pierre en se rengorgeant. Nous sommes déjà affichés.

Quinze jours! En effet, dans quinze jours, il y aurait six mois que nous habitions Faucois.

--Ah! vous êtes affichés? J'en suis fort aise.

--Mais oui, monsieur, à la porte de la mairie, et à Paris aussi.

Je bondis.

--A Paris? où?

--A la mairie du deuxième, monsieur, rue de la Banque, puisque c'est notre dernier domicile.

--Malheureux! m'écriai-je, vous nous avez perdus!

--Perdus, moi, monsieur, balbutia Pierre reculant de plusieurs pas.

Quand il se trouva acculé contre le mur, il resta les yeux fixes, les bras ballants. Je devais avoir l'air assez farouche, car il était littéralement muet d'épouvante.

--Oui, par votre bêtise! Vous et Félicie, vous êtes affichés rue de la Banque, n'est-ce pas? Eh bien, vous imaginez-vous que si quelqu'un a intérêt à nous trouver, il ne cherche pas vos traces, et en voyant vos deux noms, il ne devine que vous êtes avec nous? Ah! vous avez fait là un beau chef-d'oeuvre!...

--Que faut-il faire, monsieur? demanda le pauvre diable complètement anéanti.

Je restai anéanti aussi, pendant un moment qui dut lui paraître long. Tout à coup une idée me vint:

--Il faut courir après votre contrebandier, et lui dire de tenir une barque prête pour nous, afin que nous quittions le pays sans perdre un moment. Allez, dépêchez-vous! Payez, ce qu'on vous demandera, et dites que c'est une fantaisie de touriste. Mais allez donc!

--Monsieur, bégaya Pierre, les yeux pleins de larmes, alors, comme ça, Félicie et moi nous ne nous marierons pas? Puisqu'il faut six mois de domicile, ce sera toujours à recommencer, et nous serons vieux avant que monsieur ait choisi un endroit pour y rester.

Nous serons vieux! Ils se croyait jeune, vraiment! mais je n'avais ni le temps de rire de lui, ni la gaieté nécessaire. J'eus, pitié de sa peine pourtant; il m'avait servi fidèlement depuis bien des années, et je n'avais pas le droit de sacrifier à mes besoins le bonheur de cet honnête serviteur. D'ailleurs, il y avait un moyen bien simple de tout arranger.

--Nous partirons sans vous, dis-je; vous vous marierez ici, et vous viendrez nous rejoindre en Angleterre. Si l'on vient nous relancer ici, vous ne nous avez pas vus; vous serviez d'autres maîtres qui sont allés se promener aux Iles. Avez-vous compris?

--Parfaitement; monsieur, s'écria Pierre, qui retrouva ses jambes de quinze ans pour courir au gîte du patron. Je le vis au bout d'un moment; il avait pris par le plus court et s'en allait à grandes enjambées le long de la falaise, par le côté opposé à celui qui menait à la ville.

Les jeunes gens revenaient lentement vers la maison, sans se parler, sans même se regarder, et pourtant que d'ivresse contenue dans leurs êtres, si parfaitement faits l'un pour l'autre!

--Quand je les aurai mis à l'abri, pensai-je, il sera temps que je m'en aille.

Ils rentrèrent dans le jardin, distraits, rêveurs, absorbés par la pensée l'un de l'autre. Je leur communiquai la nouvelle de Pierre, ainsi que la décision que j'avais prise.

--Qu'importe, murmura Suzanne, ensemble, ne serons-nous pas heureux partout!

C'était à moi qu'elle parlait, mais son regard alla chercher celui de Maurice. Je ne sais ce qu'elle y lut, mais pour la première fois elle se troubla et disparut.

--Allons tirer un brin, dis-je à Maurice. Je ne me souciais pas de le laisser seul avec elle.

Chaque jour, chaque heure, n'étaient-ils pas pour moi autant de larcins à mon destin cruel? Nos malles seront bientôt faites, ajoutai-je en souriant.

Maurice entra dans la maison, prit les pistolets et tout ce qu'il nous fallait, et nous nous dirigeâmes vers la cible. Au bout d'une demi-heure, nous nous arrêtâmes.

--Vous êtes plus fort que moi, dit Maurice. Jamais il ne manquait une occasion de me faire plaisir; mais, cette fois, je savais que ce n'était pas vrai.

Je secouai la tête, et, machinalement, je rechargeai les pistolets que je remis dans la boîte.

--J'ai perdu la clef, dit Maurice en cherchant autour de lui.

--Cela ne fait rien, répondis-je, il ne manque pas de petites clefs à la maison, nous en trouverons une.

Nous revînmes à pas lents. Le temps était gris, le vent soufflait par rafales. Déjà les jours précédents nous avions eu d'assez fortes bourrasques; la falaise était glissante; une sorte marée, la semaine précédente, avait roulé des blocs de rochers jusque sur le galet, au-dessous de nous; je frissonnais, un peu de froid, beaucoup parce que j'avais la fièvre intérieurement. Maurice s'en aperçut, ôta sa vareuse et m'obligea, malgré mes refus, à la garder sur mes épaules, pendant qu'il marchait dépouillé à mon côté.

--Quel fils, pensai-je, serait plus attentif, plus respectueux, plus tendre! Pourquoi faut-il que cet homme fait pour que je l'aime doive être mon ennemi, en me prenant mon enfant!

Nous rentrâmes aussitôt. Le vent soufflait en tempête et frappait de grands coups dans nos fenêtres. Pendant le souper il y eut un tel vacarme au dehors que je crus à quelque accident. C'était simplement un volet détaché qui frappait le mur. Le tonnerre se mit aussi de la partie, et, pendant une demi-heure, il n'y eut pas moyen d'échanger une parole.

Dès que le calme se fut un peu rétabli:

--Comment partirons-nous demain, dit Suzanne, si la mer ne se remet pas?

--Qu'importe! fit Maurice avec énergie; l'essentiel est d'échapper aux poursuites.

--Mais s'il y a danger? fis-je observer.

--Qu'importe, puisque nous serons ensemble!

Leurs deux voix avaient prononcé à l'unisson cette phrase arrachée au plus profond de leurs coeurs. Ils ne furent pas troublés de cette coïncidence. Le danger, cette nuit d'orage, et la fièvre de leur passion les emportaient malgré eux. Leurs yeux se croisèrent, leurs mains se joignirent, et je sentis que j'allais cesser d'être le plus fort.

Nous fîmes des malles et nous brûlâmes des papiers pendant une partie de la nuit. Rien ne devait rester derrière nous qui pût trahir notre identité ou mettre sur nos traces. Vers le matin, chacun se retira, brisé de fatigue, pour prendre un peu de repos. Pierre m'avait loué une barque. La marée serait propice à dix heures du matin, le vent était bon, quoique la mer fût encore houleuse du grain de la veille; mais ce n'était pas une considération de cet ordre qui devait nous arrêter en un tel moment.

J'avais fait atteler le, cheval d'un voisin à une carriole empruntée, afin d'épargner à ma fille la fatigue d'une longue marche. Mais, comme le chemin était assez mauvais devant la maison, il fut convenu qu'on la conduirait jusqu'à un endroit sec, un peu plus haut sur la falaise, et que nous irions la rejoindre à pied. Nous nous assîmes devant un frugal repas préparé par Félicie qui laissait tomber de grosses larmes dans les assiettes.

--Ne pleurez donc pas comme ça, Félicie, lui dit Suzanne, vous serez mariée dans quinze jours avec votre bon ami. Vous n'êtes pas à plaindre, vous!

--Ah! madame, que je voudrais qu'il pût vous en arriver autant! dit naïvement la bonne fille.

Suzanne rougit et baissa les yeux. Ce mot presque brutal dans sa simplicité venait de blesser sa dignité féminine. Un certain malaise nous saisit tous les trois.

--Ah! la boite à pistolets, dit Maurice. Mettez-la bien en vue, Pierre, sans cela je l'oublierais.

Nous terminions notre repas lorsque Pierre m'annonça la visite du propriétaire de là maison. Il avait vu nos bagages dans la carriole et venait prendre congé de nous. Comme les visites de province n'en finissent pas si l'on n'y met bon ordre, je sortis de la maison pour l'empêcher d'y entrer, et je donnai en même temps l'ordre de conduire la carriole à l'endroit où elle devait nous attendre. Je la vis bondir à droite et à gauche sur le pavé raboteux; elle tourna le coin, et je descendis dans le jardin pour recevoir mon hôte importun. Maurice et Suzanne rentrèrent dans la salle à manger pendant que Félicie ôtait le couvert.

Notre propriétaire qui m'avait entraîné hors du jardin, sur la falaise, me racontait ses malheurs: la pluie de la veille avait percé son toit, une pierre tombée lui avait tué une poule.

--Vous avez bien mauvais temps pour votre voyage, me dit-il, mais voici des particuliers qui viennent par ici, et qui n'ont pas dû avoir beau temps hier non plus.

Je me tournai du côté de la ville qu'il m'indiquait, et je vis arrêtée sur la route une voiture de louage, près de laquelle deux individus d'une classe que je ne pus définir se dégourdissaient les jambes au moyen d'un peu de gymnastique. A cent pas devant moi, abritant ses yeux de la main pour mieux me reconnaître, M. de Lincy me regardait attentivement...

Je sentis un coup si violent au coeur que je faillis perdre pied. Mon interlocuteur, qui avait remarqué ma surprise, me jeta un coup d'oeil curieux.

--Vous le connaissez donc, ce monsieur? fit-il.

--Je crois que oui, mais il ne peut avoir grand'chose à me communiquer. Je vous en prie, mon bon monsieur, allez dire aux enfants qu'ils partent sans m'attendre, je les rejoindrai dans un instant.

--Les enfants? fit le Normand d'un air futé, la jeune dame n'est donc pas votre femme? On disait dans le pays que c'est votre fille, c'est donc vrai?

Je fis un geste de colère,--mon Normand s'écarta de quelques pieds,--M. de Lincy approchait à grands pas.

--Allez, allez, lui dis-je, il y aura cent francs pour vous.

Espérant l'avoir alléché par l'appât d'une récompense, je descendis au-devant de mon gendre. Une rencontre étant inévitable, autant valait ne pas le laisser approcher de la maison. Mon Normand, au lieu de m'obéir, se retira un peu à l'écart derrière un rocher, pas trop près, mais assez pour ne rien perdre de nos gestes, sinon de nos discours.

--Enfin, dit mon gendre en me saluant poliment, je vous retrouve! Vous pouvez vous vanter de m'avoir fait faire du chemin! Heureusement, votre Pierre a été roussi par le flambeau de l'hymen.

J'étais décidé à jouer cartes sur table.

--Vous n'aurez pas ma fille, lui dis-je. Combien voulez-vous pour me la laisser?

--J'ai déjà eu l'honneur de décliner une proposition semblable, dit Lincy; je ne suis pas venu si loin pour m'en retourner bredouille. C'est ma femme que je veux, et je me suis arrangé pour la ramener au domicile conjugal.-- J'aimerais mieux que ce fût de son plein gré, ajouta-t-il avec un sourire faux sur sa face blême.

Il avait beaucoup vieilli; ses traits fatigués, détendus, lui donnaient dix ans de plus que son âge. Malgré mes cheveux blancs, je paraissais, j'en suis sûr, plus jeune que lui.

--Moi vivant, lui dis-je, vous ne l'aurez pas!

Nous étions arrivés près du parapet si laborieusement construit par Maurice, je m'arrêtai, M. de Lincy se mit à faire des trous dans le gazon avec sa canne.

--Ce sont des phrases, tout cela, cher monsieur, dit-il avec son ancienne insolence; je ne vous tuerai pas, et vous ne me tuerez pas.

--Ce n'est pas sûr, lui dis-je les dents serrées.

Son insolence m'exaspérait.

--Bah! fit-il toujours avec le même sang-froid, tout cela n'est que des phrases; j'ai la loi pour moi.

Avec sa canne il fit voler dans le précipice une motte de terre arrachée au parapet.

--J'ai la loi pour moi, vous entendez; c'est vous et votre fille qui êtes en contravention.

Une seconde motte suivit la première.

--C'est à vous de voir si vous voulez que j'agisse légalement ou si vous préférez me rendre ma femme, comme il convient entre gens du monde, sans bruit et sans scandale.

Les mottes de terre volaient toujours sous les petits coups pressés de sa canne.

--Laissez cela, lui dis-je machinalement; ce mur est là pour quelque chose, il y a un abîme au-dessous...

--Eh bien, tant pis pour ceux qui tombent dans les abîmes, fit-il avec un cynisme révoltant, cela ne me regarde pas; moi, je vais dans la vie sans m'inquiéter des autres. Il continua à démolir le parapet avec une sorte de joie froidement féroce. Moi, reprit-il, j'ai une idée, j'ai un but dans la vie: à savoir d'être heureux à ma façon, comme je l'entends; le reste me chault peu.

Il asséna un coup vigoureux à la dernière motte qui disparut; je crus sentir le sol manquer sous mes pieds, et je reculai. De l'ouvrage de Maurice, il ne restait plus qu'un peu de gazon souillé.

--Voyez, fit mon gendre en souriant, vous reculez, vous n'êtes pas de force à lutter avec moi; vous dites qu'il y a un abîme ici? J'y marche sans frayeur... On ne meurt qu'une fois, et en attendant il faut vivre de son mieux; donc, rendez-moi ma femme, s'il vous plaît.

Je jetai un coup d'oeil dans la direction de la maison, et, à mon inexprimable douleur, j'aperçus Suzanne qui, inquiète de mon absence, se dirigeait vers nous. A la vue de son mari, qu'elle ne reconnut pas d'abord, elle resta immobile, puis revint rapidement sur ses pas.

--La voilà, s'écria Lincy, vous ne me l'enlèverez pas cette fois.

Il s'élança vers la maison, mais j'avais un peu d'avance sur lui; je passai devant mon Normand, toujours tapi derrière un rocher, et j'entrai le premier. Maurice et Suzanne, se tenant par la main, dans la salle à manger, attendaient de pied ferme, très-pâles, mais très-résolus. Maurice tenait un de ses pistolets dans sa main droite.

Avant que j'eusse eu le temps de leur dire un mot, Lincy entrait aussi. A la vue de Maurice, ses traits exprimèrent une joie railleuse plus horrible que tout le reste.

--Enfin, dit-il, le brave homme d'en bas ne m'a pas menti tout à l'heure, et les gens de la ville qui ne avaient prévenu n'avaient pas menti non plus! Je vous prends, madame, en flagrant délit d'adultère, sous le toit paternel, ce qui empêchera votre père de vous réclamer efficacement devant les tribunaux... Vous me faites la partie belle.

--Monsieur, s'écria Maurice, vous êtes un lâche!

--Monsieur, répondit Lincy, vous voudriez bien me tuer, mais vous ne me tuerez pas. Je ne me bats que lorsque cela me convient.

Maurice levait son pistolet et visait Lincy au front. Je détournai son bras et lui arrachai son arme.

--Non, pas vous, lui dis-je, vous seriez éternellement séparé d'elle, mais moi!

Lincy profitant de cette diversion, avait bondi sur sa femme et cherchait à l'entraîner.

--Père, cria-t-elle, père, sauve-moi!

Un orgueil affolé remplit mon coeur. Dans sa détresse, c'est moi qu'elle appelait, non Maurice!

--Monsieur, dis-je à Lincy, laissez ma fille libre, ou je vous tue!

--Vous passeriez en cour d'assises, répondit-il, et il essaya d'enlever dans ses bras Suzanne qui s'accrochait à la table.

--Lâche! cria Maurice, et sa main souffleta la joue de Lincy.

Au même moment, je mis le doigt sur la gâchette de mon pistolet, et le coup partit,--mais dans ce groupe serré, j'avais craint de blesser un de ceux qui m'étaient chers,--la balle se perdit dans le mur.

Lincy avait quitté le bras de ma fille.

--Ah! dit-il écumant de rage, c'est ainsi? Nous verrons si vous oserez résister à la loi.

Il sortit en courant. Dans ma fureur, je tirai une seconde fois sur lui, mais je le manquai également. Ma main tremblait, non de vieillesse, mais de colère.

--Partez, criai-je aux jeunes gens, partez, la carriole vous attend, la barque est prête, allez!

--Mais toi, père? s'écria Suzanne en m'enveloppant de ses bras.

--Je reste pour protéger votre retraite. Suzanne fit un geste énergique de négation.

--Partez, répétai-je avec toute mon autorité paternelle, je le veux! Seulement, par respect pour moi, faites-vous naturaliser Anglais, obtenez un divorce et mariez-vous. Allez.

Ils voulaient me serrer dans leurs bras, je les repoussai, et je sortis pour défendre l'entrée de la maison. Ils prirent le chemin de traverse, et j'attendis.

Lincy était déjà arrivé à la voiture; après un court colloque, les deux agents de l'autorité l'avaient suivi. Mais lui, plus pressé, revenait en courant. A mi-chemin, il m'aperçut et fit un geste de triomphe en me désignant les hommes qui le suivaient de près. Je mis le doigt sur la détente, car j'étais décidé à tout; mais au moment où j'allais peut-être commettre un meurtre, car ma main ne tremblait plus, le sol s'effondra sous Lincy, et il roula dans le précipice.

Les agents terrifiés s'arrêtèrent au bord de l'abîme nouvellement creusé; la terre, minée par la tempête de la veille, avait cédé sous le poids du misérable, précisément à l'endroit où il avait démoli cruellement le parapet protecteur élevé par Maurice. Au hurlement du malheureux, au cri d'horreur des survivants, Suzanne et Maurice, qui couraient dans la direction opposée, se retournèrent: ils restèrent pétrifiés. Les agents descendirent aussitôt, le secours fut promptement organisé; mais quand on remonta mon gendre au haut de la falaise, ce ne fut qu'un cadavre. La mort avait été instantanée, car ces rochers sont autant de pointes d'aiguilles.

Je ne sais ce que pensaient les autres; pour moi, j'étais complètement incapable de réfléchir. La disparition subite de cet homme dans notre existence était une délivrance si inattendue que mon cerveau ébranlé fut quelque temps à s'en remettre.

--Je ne l'ai pas tué, n'est-ce pas? dis-je machinalement dès le premier choc.

--Mon bon monsieur, vous n'avez pas tiré cette fois; j'en porterai témoignage si vous voulez, me dit mon Normand, sortant soudain de dessous une pierre.

A présent que mon gendre était mort, il était de mon côté.

Le corps de M. de Lincy fut transporté dans notre maison; mes enfants, car Suzanne et Maurice étaient désormais également mes enfants, se rendirent à la ville voisine pour éviter les constatations et tout le lugubre appareil de ces sortes d'affaires. Heureusement les agents, amenés pour nous nuire, se trouvèrent être les meilleurs témoins et les plus puissants auxiliaires.

Mon gendre fut enterré dans le cimetière de Faucois. Une grande croix de fer orne sa tombe, mais nul de nous n'a eu l'hypocrisie de lui apporter des fleurs.

Nous nous hâtâmes de revenir à Paris, car nombre d'affaires exigeaient notre présence. L'année de deuil fut plus lourde pour Maurice que pour Suzanne, car celle-ci ne rêvait rien au delà du bonheur qu'ils avaient goûté dans notre désert maritime.

Elle finit cependant, cette longue année, et, sans cérémonie aucune, avec le docteur, notre notaire et deux employés pour témoins, je remis ma Suzanne aux mains,--je ne dirai pas de mon gendre,--mais de mon fils.

Pierre avait été si pressé d'épouser Félicie que, malgré la catastrophe de la falaise, il avait procédé au mariage dès qu'il avait eu ses six mois de domicile.

Ma belle-mère se fait vieille, et, chose étrange, depuis qu'elle n'a plus besoin de déployer les qualités viriles de son coeur noble et bon, elle redevient insupportable. Il est juste de dire que ses défauts se montrent spécialement en ce qui concerne les enfants de Suzanne. Elle recommence pour eux les mêmes tyrannies que jadis elle exerçait sur moi pour ma fille; et je ne serais pas étonné, si nous sommes encore tous deux de ce monde, que, dans quelques années, elle me fit retourner au catéchisme et recommencer les analyses religieuses pour le compte de son arrière-petite-fille, mademoiselle Suzanne Vernex, que tout le monde appelle Suzon pour la distinguer de sa mère.

J'ai été bien longtemps, je le disais plus haut, à me sentir triste de n'être pas le premier dans le coeur de ma fille, mais je me suis consolé depuis une découverte que j'ai faite, il y a déjà quelque temps. C'est que mon petit-fils, M. Robert, me préfère à son papa et même à sa maman! Depuis lors, il ne me manque plus rien, tant il est vrai que l'homme est un être jaloux et ambitieux.

Quand on ne rêve pas un empire, on rêve d'être le premier et l'unique dans le coeur d'un bambin de quatre ans.

Lisbeth est venue nous voir il y a quelque temps; elle et ma belle-mère se sont tellement prises en affection que je prévois un va-et-vient continuel sur la route du Mâconnais.

Je ne parlerai pas ici du jeune ménage. Ils ont trouvé l'amour, le vrai, et, quand on le possède, le mariage est la réalisation suprême du bonheur sur la terre. Peines et joies, tout leur est bon, parce que tout est partagé.

Quant à nos vieux serviteurs, je n'y comprends rien, plus ils vont en vieillissant, plus ils s'aiment! Je suis persuadé que l'amour est comme le vin, quand il est bon: il s'améliore en vieillissant.

Et si M. de Lincy n'était pas mort?

Très-probablement je l'aurais tué, et alors, comme il le disait, j'aurais passé en cour d'assises.

Quand je repense à cette heure si féconde en péripéties, je me dis qu'il a fort bien agi en démolissant le parapet de Maurice.

Et maintenant je pense à ma chère femme envolée avec une douceur toujours croissante, car j'ai tenu mon serment et Suzanne est heureuse.

FIN.